文学で読む
ユダヤ人の歴史と職業

佐川和茂 著

はしがき

本書の内容は、ユダヤ系文学、歴史、宗教、商法を含むものである。本書の目的は、歴史、宗教、商法に絡めてユダヤ系文学を論じることである。

筆者がユダヤ系文学に出会ったのは、まだ二十代の始め、昼間は在日米軍基地に勤め、土・日曜日は英語塾で子供たちに教え、夜間はネオンをくぐり大学に通っていた時代であった。

大浦暁生教授のクラスで、ユダヤ系作家バーナード・マラマッドの作品を読み、不慣れな言語や習慣の中で、新たな生活を求めて奮闘するユダヤ移民の姿に強く惹かれた。それが、当時の自分の状況と似ていると思ったからであろう。やがて、後にノーベル文学賞を受賞するソール・ベローやアイザック・バシェヴィス・シンガーなどの作品にも目覚めていった。

そのうちユダヤ系文学を理解するには、ユダヤ人の歴史や宗教、そして商法を知る必要があると認識するようになった。それにはいろいろ紆余曲折があったが、その中には五年ほど前から「ユダヤ文化とビジネス」という講義科目を担当するようになったことも挙げられよう。実際、「ユダヤ文化とビジネス」の講義内容を、一編ずつ論文に仕上げて、出来上がったのが本書である。

ユダヤ系文学に親しむ中で、商法の描写が散見されることは事実である。たとえば、ダイヤモンド産業、音楽や映画産業、化粧品産業、不動産・建設業、イスラエルのハイテク農業やハイテク産業などである。そこで、商法・ビジネスに関するこうしたトピックを調べてゆくことが、作品理解に繋がり、作品研究の楽しさを増すのではないか、と思うようになった。もちろん、それには歴史や宗教も絡む。したがって、筆者のユダヤ系文学の研究態度として、冒頭で述べたように、文学、歴史、宗教、商法を含む内容となるわけである。

筆者がこのような研究姿勢を抱くようになった動機として、経営学部での勤務も無関係ではない。この学部に勤めて早いもので三十六年である。英語科目の担当より始めて、「少数民族の社会と文化」、「移民や難民の社会と文化」、そして前述した「ユダヤ文化とビジネス」という具合に、次第に自分の専門領域に近い内容を教えるようになった。

そもそも経営学とは、組織の経営のみでなく、われわれの生涯の運営をも含むものであろう。したがって、経営学部においては、差別と迫害の歴史をくぐってきたユダヤ人がいかに人生をつかさどるのか、いかに流浪の状況において身を処するのか、いかに各自の仕事を成し遂げるのか、いかに歴史に対応するのか、（特にホロコースト以後）いかに神との関係を修復するのか、などを研究するのに適した環境が存在している、と言えるかもしれない。

また、「ユダヤ文化とビジネス」の講義を通して、ユダヤ系経営学者ピーター・ドラッカーに親しんだことも筆者の研究方法に影響を及ぼしている。ヒトラー政権のような全体主義に抵抗してゆくことを根底に据えたドラッカーの経営学は、自己管理や時間管理、優先事項の決定や生産性の維持や生涯学習などを説く。それらは、組織の経営と生涯の運営とを合わせて、ユダヤ系文学の研究に及ぼす影響が少なくない。

本書では、歴史や宗教や商法と絡めながら、ユダヤ系文学を論じ、ユダヤ文化とビジネスにおけるユダヤ性や、現世の修復というユダヤ教のミッションや、イスラエルの状況などを問いかけている。

ホロコーストの影響を含むユダヤ人の歴史や宗教が、彼らの生き方や仕事の仕方に大きな影響を与えていることは、容易に想像できよう。差別と迫害を経てきたユダヤ人の歴史が、彼らの商法にも影響を及ぼしているのだ。そこでは、「ホロコーストの影を生きて」、「ユダヤ人の社会と文化」が営まれているのだ。したがって、ユダヤ人の歴史や宗教は、文学と深く関わり、またそれが商法にも影響を及ぼしている。これらの相互関連を探ることは、ユダヤ系文学を読む上で大きな意味があるだろう。

そして、これらの相互関連を探る中で、日本人としてユダヤ系文学を研究しているのだ、という立場を大切にしてゆきたい。

ユダヤ人の差別と迫害の歴史や長期の流浪は、ヒロシマ、ナガサキ、阪神淡路大震災や東日本大震災を経た日本人の歴史とどこかで響き合うかもしれず、ホロコーストの影や大震災のトラウマを生きて、それからの修復を求めるとき、ユダヤ人の文化やビジネスより貴重なものを学べるかもしれない。

文学で読む　ユダヤ人の歴史と職業　目次

第1章　ユダヤ人とダイヤモンド産業 ──ダイヤモンドは永遠に

はじめに

歴史を振り返れば、われわれの祖先は、有用な動物を飼育し、食用植物を栽培し、有益な鉱物を発見してくれた。今日のわれわれの生活は、先祖の奮闘を基盤に成り立っていると言っても過言ではない。感謝をささげるべき先達がわれわれにもたらしてくれたものの一つが、鉱物、ダイヤモンドである。われわれにとってダイヤモンドの取得は、愛の究極的な象徴を得るのみでなく、経済変動に対応する意味を含めて、時間や金銭や精力を多大に投資することでもあろう。

それでは、そのようにわれわれが莫大な投資をするダイヤモンドの特質とは何であろうか。それは地上において最も固い物質であり、地下二百キロメートル以上もの深淵で結晶化し、火山活動などによって地表に至るという。溶岩が凝固する際、膨大な熱力と圧力がそこに含まれた炭素元素を八角形に構成するが、これがダイヤモンドである。原石は磨かれ、輝く宝石に変わり、指輪、腕輪、ピンなどにはめ込まれる。ダイヤモンドは、消耗や急激な熱変化にも強く、変形したり、さび付いたりしない。また、絶えざる圧力にも変形しないが、ハンマーなどで強打されれば粉々になってしまう。

凝固した溶岩の地層を掘ったり、川床の沈殿物を調べたりすることによって、ダイヤモンドは発見される。黄、ピンク、赤などのダイヤモンドが見出されている。工業用と、宝石用に分類されるが、更に大きさ、資質、形状、色彩によっても分けられる。発掘されるダイヤモンドの八割は、小さく不完全なものとして、工業用に回される。工業用のダイヤモンドは、茶色、黄色、灰色である。その固さと非磨耗性のゆえに、トンネルを掘ったり原油などを探す削岩機や、歯の治療器具や精密機械などにも用いられている。さらには、機械の高速回転に耐えて磨耗がないので以前はレコード針に使用されていた。摩擦が極めて少なくさび付かないので、レコードの溝が傷まず、音質が維持されるのだ。また、ダイヤモンドを用いた切断機は、ものを早く正確に切断し形作る。天体観測用の望遠レンズもダイヤモンドを使用して作られる。

ダイヤモンドの最初の発見地、そしてその主要産出地はどこか。歴史家によれば、初期のダイヤモンドはインドで発見され、最初にダイヤモンドを道具や宝石に用いたのは、ローマ人であったという。十六世紀にはガラス細工師がダイヤモンドを用いて巧妙な文様を彫った。ブラジルでは一七二〇年代に豊かな鉱山が発見された。次に、アフリカで一八六七年に豊富な鉱山が見出され、ダイヤモンドは工業に用いられる。一八六九年に南アフリカのキンバリーで、一九五六年にシベリヤで、ダイヤモンド鉱山がそれぞれ発見される。さらに、アフリカ沿岸の海底よりダイヤモンドを探す作業が現在も継続されている。

さて、ユダヤ聖書やその注解タルムードにおいてもダイヤモンドは言及されている。たとえば、出エジプト記二十八章十七〜二十節において、祭司の胸当にはめ込まれたダイヤモンドを含む十二の宝石が述べられている。

また、「中世において宝石を広く商っていたユダヤ人は、宝石の持つ魔力を信じていた」（『ユダヤ人の魔法と迷信』一三六）という。実際、有名なダイヤモンドの中には神秘性や呪いが付与されたものも少なくない。ジュリー・ボームゴールドの小説『ダイヤモンド』（二〇〇五）は、巨大なダイヤモンドが辿った神秘的な歴史を詳述している。

『ユダヤ百科事典』（一九八二）によれば、中世より現代に至るまで、ダイヤモンドや真珠など宝石を商う分野においてユダヤ人の働きは顕著である。インドやブラジル、南アフリカ、そしてロンドンのダイヤモンド産業の発展において、ユダヤ人は目覚しい貢献をしている。ユダヤ人の流浪（ディアスポラ）の過程にダイヤモンド取引の地域が重なっていたことも、ユダヤ人とダイヤモンド産業の結びつきを強める要因であった。ヨーロッパにおいては十六世紀に至るまでダイヤモンドはまだ稀な商品であり、そのために中世の商売の規約やギルドの拘束から解放されていたこともユダヤ人に幸いした。また、十八世紀に至るまで、インドより多量の研磨されていないダイヤモンドが流入した。金貸し業や質屋を営むことの多かったユダヤ人は、西ヨーロッパや中央ヨーロッパにおいて、質草として受け取る宝石類を鑑定し、磨き、販売することに多く携わっていた。このようにして、ユダヤ人は宝石の扱いに習熟していったのである。

アムステルダムが十六世紀において、ヨーロッパの主要なダイヤモンド取引の中心地として栄えると、大部分がポルトガルのセファルディ系であったオランダのユダヤ人は、オランダやポルトガルにおいてダイヤモンド取引に重要な役割を果たした。

十七世紀の半ばに至るまでに英国の国力が向上すると、ユダヤ人の英国定住は増加し、十八世紀末までインドからのダイヤモンド流入の大部分はロンドンを通過することとなった。英国の東インド会社の記録では、当時のダイヤモンド業者のほとんどはユダヤ人であったという。『ダイヤモンドと珊瑚』（一九七八）によれば、英国のダイヤモンド業者は、銀や珊瑚をインドへ輸出し、その代わりにダイヤモンドの原石を輸入していた。当時、インドにはダイヤモンド取引のために多くのユダヤ人が滞在していたのである。

こうして歴史的に振り返ると、ユダヤ人とダイヤモンドとのかかわりは深くて長い。ちなみに、筆者の知り合いのユダヤ人にも、ダイヤモンド業者が含まれている。彼の祖父は有名なノーベル賞作家であり、父はイスラエルの著名ジャーナリストであるが、その息子がダイヤモンド産業を選択していることは興味深い。

別の例として、第二次大戦中、リトアニアで立ち往生していたポーランド系ユダヤ人に対して副領事であった杉原千畝は、日本政府の命令に反し千六百の臨時ビザを配布して救助した。良心に従ったその行為に報いる意味でユダヤ人たちは後に杉原の息子を、ヘブライ大学に国費留学生として迎え入れることになる。その後、杉原の息子は国際的なダイヤモンド業者に成長しているという（『ホロコースト前夜の脱出』一六五、『杉原を探して』一四）。これもユダヤ人とダイヤモンドとの結びつきを窺わせる逸話であると言えよう。

このように、ユダヤ人とダイヤモンドとの歴史的な関わりは深いものであるが、そもそもダイヤモンド産業におけるユダヤ性とは何であろうか。また、ユダヤ史とダイヤモンド産業との関わりは何か。そして、ユダヤ人がダイヤモンド産業に従事する利点とは何か。本稿では、このような問いを、ユダヤ系文学や民話に描かれるダイヤモンド物語と絡ませながら、検討してゆきたい。

1　ダイヤモンド産業とユダヤ人

ダイヤモンド産業は、差別と迫害の歴史を経てきたユダヤ人を、しばしば変容させてきた。たとえば、諸国で歓迎されることのない流浪の少数民族から、尊敬される実業家への変遷である。ダイヤモンド産業は新規開拓分野であり、多くの職種より締め出されていたユダヤ人に対しても、幸いなことに参入の道が開かれていた。そもそも多くのユダヤ人は、伝統的に商業や金融という職業分野へ追いやられていたが、そこで彼らはキリスト教徒が忌み嫌う金貸し業や質屋を営み、そうした商売において抵当に用いられた宝石類の鑑定にも自然と熟達していったのである。また、ヨーロッパやエジプトや地中海諸国において、ダイヤモンドは、彼らを封建領主の宮廷と接触させることになる。というのは、ユダヤ人はしばしば宮廷御用商人となって商売を営み、領主と農民の間で仲介役を果たしたからである。実際、彼らは、好況時には便利屋として重宝がられたが、不況になれば日和見主義的な領主に迫害され、諸国を転々と追われることになった。しかし、そうした強制移住は、多くの場合、彼らを多言語を操るコスモポリタンへと鍛え上げてゆくのである。

そのような状況下で、ダイヤモンドは、流浪を生きるユダヤ人にとって有益であった。小さく高価な宝石は、聖書やタルムードのように、否むしろそれ以上に、簡便にどこへでも運搬できたからである。そこでユダヤ人たちは、ある国より避難や逃亡を強いられたとき、ダイヤモンドを肌身に隠して持ち運び、別天地で新生活を築く際に、それを経済的な基盤に用いた。それゆえ、ダイヤモンドは、彼らが迫害を逃れて存続や自由を求める過程において、大いなる力を発揮することになったわけである。

2　ダイヤモンド業界の仲介制度

ユダヤ人が多数を占めるダイヤモンド業界では、流浪の言語であるイディッシュ語の祝福「マゼル」の発声や握手によって取引を終える習慣が存続しているが、それと並んで、ユダヤ人独特の仲介制度が重要な役割を演じている。ダイヤモンド売買の過程で生じた諸問題を、ユダヤ人の伝統的な手法によって仲介し、厳正な正義や平和を取り持とうとするのである。

ノーベル賞を受けた最初のイディッシュ語作家であるアイザック・バシェヴィス・シンガーの『父の調停裁判所』（一九六六）にも「それは理想的な裁判制度である」と力説されているが、実際ユダヤ人には伝統的に機能してきたラビ調停裁判の制度がある。その裁判所では、シンガーの父が実践したように、ユダヤ共同体の精神的な指導者であるラビがタルムードの知識を駆使し、戒律に基づき、同胞の争いに調停を下すのである。

歴史的に外部世界に対するユダヤ人の立場が弱かったことは、容易に想像できよう。そこで、彼らは市井の裁判所へ問題処理を委託する代わりに、可能な限り紛争を内輪で解決し自分たちの名誉を守ろうと試みたのである。それは、ダイヤモンド業界のみでなく、同郷団体を含めた諸々のユダヤ人相互援助組織においても同様であった。ユダヤ人はもめ事を内輪で解決し、周囲の異邦人たちから受ける誤解に基づいた悪評をできるだけ回避するよう心を砕いたのである。

伝統に固執するユダヤ教ハシド派が多数を占める現代ニューヨークのダイヤモンド業界においても、内輪の仲介システムが機能している。その機能がいかに優れているかを知って、アメリカ政府や企業は、自身が抱える諸問題を解決するために、ユダヤ人のこの仲介システムを見習うべきではないか、と考え始めているという。

ルネ・シールドの『ダイヤモンド物語』（二〇〇二）には、この仲介システムが詳述されている。

シールドは、ダイヤモンド業者の親族である自らの立場を活用し、通常は外部者に閉鎖的なこの世界に分け入り、さらに彼女の文化人類学研究の手法を応用し、ダイヤモンド産業の伝統や挑戦や変容を探ろうとするのである。

シールドによれば、調停者になれる条件は以下のものである。すなわち、経験や知識が豊かであり、ダイヤモンド・クラブの規則に詳しく、穢れのない評判を有することである。さらに調停者として活動する前には、ダイヤモンド・クラブの講習を受けねばならない。調停はたいてい一〜二回、各一〜二時間で終わる場合が多いという。そして、通常は、調停で聞き取りをした後、十日以内に裁決が下される。ただし、倒産が絡むような深刻な件では、調停に一年ほどを要し、弁護士や証人が参加することもありうる。

いっぽう、一般の司法世界では、ダイヤモンド業界の内部事情に疎く、そこで巨額が絡む国際的な事業を裁くことは至難である。それには多大の時間や費用を要してしまうであろう。その点、ユダヤ人の調停制度のほうが短期に終了し費用も安く、その上、それはダイヤモンド業界の内部を保護してくれる。そこで、裁決に長期を要する一般の司法の場合より、短期で決定されるユダヤ世界の調停のほうが、業界メンバーの利益につながることは明白である。

調停後、時折、裁決を不服として守ろうとしない業者も現れるが、その場合、その事情が世界中のユダヤ人同業者に伝達される結果となるので、違反者は甚だしく信用を失ってしまう。言うまでもなく信用は、ダイヤモンド業者にとって非常に重要なものである。それ故にダイヤモンド・

クラブやユダヤ共同体から締め出される恐れは、業者個人の死活問題にかかわり、耐え難いものとなる。共同体から除外されるということは、「レビ記」八章二十一節や二十七節にも述べられるように、ユダヤ人にとっては非常に厳しい処罰なのである。

激動の現代において、調停は、共同体の名声や人間関係を維持する制度として依然重要である。シンガーの『父の調停裁判所』に詳述される古い制度が存続している所以は、そこに見出せるであろう。

3　ダイヤモンド・クラブ

ダイヤモンド・クラブへの入会は厳しく、会員はクラブの規約を厳守せねばならず、違反すれば業界より永遠に追放されるという。いっぽう、ダイヤモンド・クラブは、海外の業者にとって同業者と接触する場として有益である。クラブは、必要な会員には社会保険や健康保険を提供し、また、業界紙を全会員に配布している。

大不況下の一九三一年、ニューヨークで最初のクラブは、安全な取引場所を求めてバワリー地区に創設されるが、手狭になったために、一九四一年、四十七番街に引っ越す。現在、ダイヤモンドの形をした街灯が四十七番街の入り口に立っている。シールドによれば、およそ三百のダイヤモンド関係業者がクラブの建物に入居しているという。

さて、伝統的に口約束が重視される世界において、ダイヤモンド・クラブに集う中間業者は、販売の委託手数料で生活している。彼らは、取引に関して情報を広める役割を持つが、生活は概して大変である。商売に関して同様の価値観を抱く業者たちは、信用を重視するが、戦時中のホロコースト体験もまた彼らを信頼で結びつける要因である。多額の金銭が絡む商売のために緊張が絶えないが、個人的な評判が、商売を支える。疑わしい相手に関しては、業界全体を守るためにその情報を伝達する。市場では多くの業者から集める情報を元に真相を割り出すが、消費者の好みの変化など、市場は情報収集に有益な場所である。

ダイヤモンド産業のグローバル化、中間業者の締め出し、大型業者の囲い込み、デビアス社の勢力によって、ダイヤモンド・クラブの人数は減少しているという。そこで、「マーケット週間」を設けてクラブの商売を活気付けようと試みている。クラブ内では、ユダヤ人の伝統として内輪もめも激しい反面、協力して仕事をすることは存続につながり、楽しみにもなろう。

4　ニューヨークとダイヤモンド産業

ニューヨークの異国情緒豊かな地域である四十七番街では、ダイヤモンド取引が握手で行われ、またビジネス論争がユダヤ人独特の仲裁で取り仕切られている。ダイヤモンドの国際的な取引を考えれば、世界のいずこかで生じた事件がニューヨークにも影響を及ぼしてゆく。ほかのもろもろの職種の場合と同様、ダイヤモンド業界におけるニューヨークの役割は重要である。

　インドとイスラエルは小粒ダイヤモンドの生産で知られ、ベルギーのアントワープはダイヤモンドの供給で有名であるが、大粒ダイヤモンドの生産に関してニューヨークは抜きん出ており、そこには優れたダイヤモンド研磨工が集まっている。研磨は、損失を最小にしてダイヤモンドを最も望ましい形に削る技術である。今日では、アメリカで開発されたアメリカン・アイディアル・カットと呼ばれる研磨方法が、最上のものとされている。

「四十七番街のダイヤモンド市場はほとんどがユダヤ教正統派であるハシド派の運営である」（『ニューヨークの背景』一〇三）という。また、『アメリカのユダヤ人の歴史』（一九九二）によれば、ホロコーストを逃れたハシド派の信者たちが一九四七年より五二年にかけて渡米し、高名なラビを中心としてウィリアムズバーグやボロパークなどに共同体を構成し、その独特の雰囲気を高めてゆく。ハシド派は、マンハッタンのダイヤモンド業界を多く占めるほかは、被服産業や雑貨業などに従事しているという。伝統的な宗教が尊重される環境でともに働きたいという彼らの願いが、ハシド派をダイヤモンド産業に惹きつけるのであろう。ここでは、黒い外套を着て長いあごひげを伸ばしたハシド派の人々が、街路でダイヤモンド取引をしている光景をすら見ることができる。ニューヨークのダイヤモンド業界におけるハシド派の増加に伴い、ユダヤ教の戒律に従って仕事を禁じる安息日や祝祭日には、ダイヤモンド・クラブの営業を閉ざすようになってゆく。ハシド派は、一般に大家族を擁し、子孫にダイヤモンド産業を継承させ、イディッシュ語で商売を営むが、非ハシド派のユダヤ人は、彼らの偏狭さ、古さ、現代的な洗練さの欠如を批判しているようである。

そうしたハシド派の人々を含めて四十七番街には東欧系ユダヤ人やその子孫、インドやイスラエルからのユダヤ人も働いている。興味深いことに、その中でイスラエルからのユダヤ人の信仰心が最も薄い傾向にあるという。いまや国家が存在するゆえに、ユダヤ人のアイデンティティを必ずしも宗教に依存しない、ということであろうか。

ちなみに、ユダヤ系ダイヤモンド業者は、たとえ彼らの商売が好調であってもそれを悪く語り、それがいかに不景気であるかを誇張して話す傾向があるという。それは、あまりの成功によって神を混乱させたり、悪霊がそれを嫉妬したりすることを防ごうとする迷信からであろうか。また、彼らは外部者を警戒するが、そこには、気まぐれな外部勢力によって残酷に扱われてきた歴史が、長く影を落としているのであろう。

5　老いとダイヤモンド産業

日野原重明の『老いを創める』や、堀秀彦の『銀の座席』や『石の座席』など老いを語る書物は、押しなべて言う。老いに対処してゆくためには、三項目が大切であると。一つ目は、自分が没頭できる対象を持つこと。すなわち、仕事や趣味である。二つ目は、健康であること。実際、老いてくれば、たいていの者が身体に故障をきたすであろうが、それでも仕事を継続できるほどに健康であるならば、良しとしなければならない。そして、三つ目は、自分を気遣ってくれる人が存在すること。老いて、誰とも会話せずに過ごす日々は寂しいが、気遣う人がどこかにいてくれるだけで、いかに心強いことか。

競争が激しいニューヨークのダイヤモンド業界で老いと戦い、肉体的・精神的にも適応してゆくことはことさらに骨が折れるであろう。が、そのいっぽう、老いても健康であれば、仕事は日常生活に張りを持たせ、自己のアイデンティティを守り、日々の生活を前向きにしてくれる。実際、八十代、九十代の業者はまれではなく、彼らの多くは、この世を去るまで働き続けていたいと願う。その願望を実現させるために、自らの都合に合わせて仕事の内容や時間を調節できるダイヤモンド産業は有利である。

具体例を挙げるならば、シールドのおじシュミエルとモイシェは、独学で出世した人々であるが、その家庭には生涯学習への熱意が満ちていた。シュミエルはユーモアを駆使し、話術が巧みであり、卓越した研磨技術を持っていた。彼は、自ら定めた知的基準を下げずに論争を楽しみ、安全を与えてくれた米国に感謝し、八十五歳でこの世を去るまで仕事に励んだ。弟モイシェは八十八歳で亡くなったが、兄同様に高い基準を維持し、結果として二人の会社は業界の尊敬を受けていたという。

実際、ダイヤモンドの鑑定や市場の判断は年齢がものをいう。そこで、年配業者はユダヤ教会堂（シナゴーグ）やレストランが併設されたダイヤモンド・クラブで互いの健康を気遣い、情報交換をして商売を営み、長年にわたる仲間との交流を楽しむ。何よりも仕事仲間との長年の交わりが、捨てがたい魅力である。幾星霜をともに働いてきた仲間が、自己の鏡になり、バロメーターにもなるわけである。永らく仕事で交わった人々とともに老い、労働時間を調節して働き続け、余暇を楽しむ。冬は暖かいフロリダで過ごし、残りをニューヨークで働き続けるという次第である。彼らは生活様式を変えることを好まず、引退せずに仕事の挑戦を受けて、問題解決を楽しむ。しまいには仕事が遊びであるかのように楽しさを増してゆく。

こうした過程を経て、年長者は、後に続く者のために道を築くのである。いっぽう、若い業者は、年配者を模範とし、自らの商売を考え、将来を思う。

年長者と若者がともに働く術を学んだところでは、家族による経営が続いている。家族経営によって、忠実で安価な労働力を確保でき、不況のときでも支えあい、伝統を維持することができよう。当然、家族経営には争いも付きまとうが、それは論争を重視するユダヤ文化の一端である。

家族経営において、年長者は、後に続く世代に自分が鍛えてきた技術や知識を伝達でき、それによってそれなりに若い世代に尊重されるであろう。年老いても働き続けるダイヤモンド業者は、後輩にとって良いお手本である。伝統的なわざと機械化が並行するダイヤモンド業界において、古老の存在はまだまだ貴重であろう。かえって長年鍛え上げてきた仕事への勘が用いられなくなることは、人的資源の損失である。

シールドによれば、さまざまな言語が飛び交い、国際的な雰囲気に満ちたニューヨーク四十七番街のダイヤモンド業者には家族経営が多いという。たいていの場合、父や兄弟が商売を始め、それから家族の協力を得てゆく。ダイヤモンド業で成功するためにはハングリー精神や炎の魂が必要であると言われるが、子供は家族経営の雰囲気を吸収し、いろいろな学習を経て独立してゆくのである。ただし、家業を継ぐ過程で、父親と息子の葛藤も生じ、息子は父親の古い商法に反して、たとえば、ダイレクト・メールでダイヤモンド販売を開始する場合もあろう。

若年層が減り、高齢者が増加してゆく日本においても、こうしたダイヤモンド業界の人材活用より学べることは少なくない。

6　ユダヤ系文学や映像に現れるダイヤモンド

『ユダヤ人の服装の歴史』（一九六七）によれば、流浪した諸国のユダヤ人共同体によって服装規定は異なるが、一八四六年頃、エルサレムの豊かな婦人たちはダイヤモンドを身につけていたり（四七）、ポーランドの富裕層のユダヤ人は、真珠やダイヤモンドをちりばめた小さな王冠をかぶっていたりする（一〇五）。が、その反面、非ユダヤ人の思惑にも配慮し、ダイヤモンドなど多くの装飾品を身につけることを慎むべきである（一八四～八五）という忠告が繰り返されている。

父を失い、母や親族とともに渡米してゆく道のりを描くショレム・アレイヘムの『先唱者の息子モッテルの冒険』(一九五三)において、一行はアントワープを経てゆくが、そこではダイヤモンド産業に従事している人々が多く、研磨工もたくさんいて、モッテルや兄もダイヤモンド産業に関心を抱く(一九二一～九四)。

いっぽう、アンジア・イージアスカの自伝的な作品『パンをくれる人』(一九二五)において、移民家庭の苦しい家計には無頓着で着飾ることに夢中な次女のマシャは、いやな家庭から出るためにはどんな男でもかまわないと、ラビの父が連れてきたダイヤモンド商人と婚約する。ところが、結局、男はダイヤモンド店の雇い人に過ぎないことが判明し、その上、彼は結婚の翌日に職場を解雇されてしまい、切羽詰ったマシャは空腹のあまり実家に戻る羽目に陥る。その後、夫がようやく靴屋に就職して迎えに来ると、地獄で受けるであろう処罰について父に散々説教されたマシャは、疲れきって家を出てゆく。

ハリウッドを舞台に、他人を蹴落とし出世の階段を上ってゆく人物を描くバッド・シャルバーグの『何がサミーを走らせるのか?』(一九四一)において、サミーの父は、東欧ではダイヤモンド研磨工であり、自分の仕事や宗教に誇りを抱いていたが、ユダヤ人虐殺(ポグロム)の後でアメリカに移民してゆく。そこではガラス磨きとなった父が労働争議に敗れ、しがない行商人に身を落としたことを息子サミーはののしる。父は、幼年学校(ヘデル)に通わず、ユダヤ教に背を向けるサミーの将来に悲観し、茫然自失の状態で行商の車に轢かれこの世を去る。

スーザン・フロンバーグ・シェーファーの大作『アンヤ』（一九七四）は、主人公アンヤの第二次大戦中のゲットー、強制収容所、そしてアメリカへの逃避行を辿る。その中で、十二カ国語を話せて学者肌であるアンヤの父は、ロシアよりポーランドに持参したダイヤモンドを売って事業を始めるが、商売仲間にだまされて破産の危機に陥り、かろうじてそれを回避する（二三）。そのうちにおばの一人が亡くなって、母に大金や宝石を残してくれる（三六）。家族は、ゲットーに収容されたとき、ダイヤモンドなどを床のタイルの下に隠す（二一二）。また、大戦中、アンヤは、住んでいたアパートの壁に隠してあった箱より両親のダイヤモンドの指輪や他の貴重品を取り出し（四五二）、戦後の闇市でそれを売ることによって日常用品を手に入れたり、アパートでダイヤモンドの腕輪を見つけて不安な将来の備えにとそれをしまう（五二一）。

同様に、最後の頼みとしてダイヤモンドや宝石類をとっておく例が、アイザック・バシェヴィス・シンガーの『証明書』（一九九二）にも描かれている（一六五）。

文学作品と同様、諸国を流浪したユダヤ人の民話には、ユダヤ性を加味した普遍的な物語や、独特なユダヤ文化を含む物語がある。たとえば、タルムードやハシド派の説話、中東の民話などを源として、ユダヤ教の教え、信仰、慈善、誠実さ、相互援助などを諭す内容である。ユダヤ人が移り住んだ地域や、ユダヤ人の存続を可能にした伝統を語り、流浪の状況を伝える内容もあろう。

その中にハワード・シュウォルツらが編纂（一九九一）した「ダイヤモンドの木」という民話がある。貧しい男が遠方より苦労して運んだ飲料水を三晩続けて盗まれてしまう。そこで水瓶の中に隠れていると、二羽のわしが現れ、海を越えて水瓶を運んでゆく。わしは魔女によってさらわれ変身させられた子供たちであり、ダイヤモンドの木に水をやるために働かされていたのである。やがて恐ろしい魔女が現れるが、男は機転を利かせて、魔女をダイヤモンドに変身させ、海に投げ入れ、殺してしまう。魔女が死ぬと、わしやダイヤモンドに変えられていた子供たちも元の姿に戻る。そこで故郷に帰るためにダイヤモンドの木を切り倒し、いかだを作ろうとすると、木のほこらより本物のダイヤモンドが出てくる。そのダイヤモンドを全員で分け、男はそれを売った金で家やシナゴーグを建設し、慈善を施し、救った子供たちとの友好関係も維持してゆくのである。

いっぽう、ハリウッド映画などにおいては愛とダイヤモンドがしばしば取り上げられ、たとえば、ユダヤ系のハリー・サルツマンが製作に携わった『ダイヤモンドは永遠に』（原作は一九五六）などの007シリーズでもダイヤモンドが多く登場してくる。そこでジェイムズ・ボンドは、アフリカより大量のダイヤモンドがひそかに運び出され、それが英国より米国へと密輸されるルートを解明するよう依頼される。ここでは、ダイヤモンドが映画産業を助け、映画がダイヤモンド販売を促進するという相乗効果が考えられよう。

また、『シンドラーのリスト』（一九八二）の映像作品において、ナチスの親衛隊に取り囲まれたゲットーからの脱出を図るユダヤ女性たちは、宝石をパンと一緒に飲み込もうとしている。ダイヤモンドなど宝石類は軽くて持ち運びに便利であり、安全な場所へ逃げることができた暁には、そこで新しい生活を築く貴重な資金源となる。

７　ダイヤモンド産業にちなむ人々

セシル・ローズは、バーニー・バーナートとの激しい競争を経て、一八八一年、デビアス社を創設している。彼は四十八歳の若さで亡くなるまでに、ダイヤモンドの国際的な生産・価格カルテルを作り上げ、それをアーネスト・オッペンハイマーが完成するのである。それは、ダイヤモンド鉱山を一社で統率し、一社のチャンネルでダイヤモンド取引を図ろうとする商法であった。しかし、二十一世紀になると、カルテルの枠外で取引を行なう人々が増えているという。

アーネスト・オッペンハイマーは、ドイツ系ユダヤ商人の息子であり、ロンドンより南アフリカへ渡り、アングロ・アメリカンという巨大企業を作り上げ、デビアスのようなダイヤモンド産業も傘下に収めることになる。彼はユダヤ系アメリカ人の金融業者Ｊ・Ｐ・モルガンの援助を受け、ダイヤモンド価格を高く維持することを目指して一九三〇年、ダイヤモンド協会を設立する。なお、後に彼が個人的な不幸を経て、ユダヤ教よりキリスト教へと改宗していることは興味深い。

男性の活躍が顕著な中で、女性はダイヤモンド業界ではまだ少数であり、女性の研磨工も少ない。ダイヤモンド商の未亡人やその娘などがダイヤモンド・クラブの会員になることもあるが、まだその身分は男性の場合より低い。シールドによれば、オランダのアムステルダムのダイヤモンド・クラブでは、一九五二年、初めて女性会員が誕生し、ニューヨークのダイヤモンド・クラブでも一九七八年頃より女性会員が増え始めている。ゆっくりとではあるが、着実に女性も働く場所を勝ち得てゆくのである。ただし、ハシド派の女性たちは、一般に子沢山であり、仕事に就くことが困難であろう。いずれにせよ、今後、宝石のロマンスに直感的に反応する多くの魅力的な女性がダイヤモンド産業に参加してゆくことによって、業界の活性化につながるのではないか。

8　ダイヤモンド産業にちなむ場所

ユダヤ人のダイヤモンド産業が盛んであったベルギーを一九四〇年五月にヒトラーのドイツが占拠する。六万五千人のユダヤ人の中で二万八千九百二人が犠牲になったという。中心都市アントワープは、よく組織化され繁栄したユダヤ共同体を持つベルギー最大の港町であるが、そこではベルギーで唯一のポグロムが発生し、一九四二年八月より東方へのユダヤ人の強制移送が開始される（『ホロコースト百科事典』七九）。ユダヤ人の強制移送の期間、ベルギーの亡命政府は反ナチ宣言を行い、一般市民はユダヤ人の黄色いバッジ着用に反対運動を起こし、共産党や教会や王室はユダヤ人をかくまった。その結果、ベルギーでは比較的多数のユダヤ人が救助され、それが戦後ベルギーのユダヤ人復興に至るのである（同上一六一～六八）。今日でも世界のダイヤモンド取引の中心はアントワープであるのは、そのためである。

いっぽう、ユダヤ人に比較的寛容であったオランダには、かつてセファルディ系とアシュケナジ系の二つのユダヤ人社会が存在したが、当初、両者の関係はしっくりゆかなかった。後者は貧しく、行商人やダイヤモンド研磨工、職人などが多かったのである。しかし、研磨工から身を起こした彼らは、後にダイヤモンド取引に参加するようになってゆく（『ユダヤを知る事典』七六）。たとえば、エイブラハム・アッシャーはオランダのユダヤ人名士であり、ダイヤモンド工場を経営していた。彼は、ナチスによってユダヤ評議会議長に任命され、強制収容所を生き延びた後、ユダヤ人社会との関係を絶ってしまう（『ホロコースト百科事典』一〇二）。

アムステルダムは、職人組合の規制がなく、ダイヤモンド取引の地盤整備ができており、ユダヤ人は国際情報、原石輸入の実際的知識、加工技術を活用した。アムステルダムは、十七世紀以降二十世紀のはじめまで、世界最大のダイヤモンド国際都市であり続けた（『ユダヤ人とダイヤモンド』九〇）。

ホロコーストの後、一九四八年に建国されたイスラエルにおいて、小規模投資でも付加価値の高い産業として導入されたのが、ダイヤモンド加工である。イスラエル建国前後、ベルギーやオランダ出身のユダヤ人によって、その研磨技術が伝えられ、イスラエルはいまや世界で一、二を争うダイヤモンド産業を育て上げた。テルアヴィヴ北にあるラマトガンのダイヤモンド交換所は、世界有数の取引所に成長している。日本はアメリカに次ぐ第二の得意先であり、対日輸出の六五％は加工ダイヤモンドで占められている（『ユダヤを知る事典』一七二）。

なお、ユダヤ人以外でダイヤモンド産業に携わるのはインド人が多い。インドは、古代から十八世紀初頭まで世界唯一のダイヤモンド産出国であった。第二次大戦前、ダイヤモンドの世界最大の加工センターは、アントワープであったが、今日ではインドが他に抜きん出て世界第一位の座を占めている。インド最大の輸出商品がダイヤモンド研磨石である（『ユダヤ人とダイヤモンド』二四四）。

おわりに

ダイヤモンド業界は、初期よりグローバルな様相を呈していた。ダイヤモンド業者は、現代のグローバル化を最も早くから体験していた人々であると言えよう。彼らは、ローカルに活動していても、グローバルに考え対応しているのである。これは、流浪の生活を経てきたユダヤ人に適した職業であった。ダイヤモンド産業におけるユダヤ性とは、国際性、家族経営、精神の核、宗教とビジネス、多言語の使用などを含むものであろう。

ダイヤモンド産業は、儀式に満ちた伝統的な商売であるが、それでも他産業と同じく近代化の波が押し寄せている。今日ではインターネットの活用がダイヤモンド業界に影響を及ぼしている。コンピュータは、ダイヤモンドの在庫管理を容易にし、インターネットの活用は、顧客の商品知識を高めている。確かに、インターネット・ビジネスは便利であろうが、それは実際に顔をあわせて商売をするよりリスクが高いのではないか。そこで、不特定多数の人々とのネット取引を警戒し、むしろ顔をあわせる商法も依然として存在している。新旧の取引が混在しているわけである。

他の産業同様、パソコン、インターネット、携帯電話などの使用によってダイヤモンド産業はせわしさを増し、業界での生存競争も激化している。今後、ニューヨーク四十七番街を含めたユダヤ人のダイヤモンド業界は、時代の変化にいかに対応してゆくことであろうか。

引用・参考文献

Aleichem, Sholem. *Adventures of Mottel the Cantor's Son*. New York: Henry Schuman, 1953.

Ausubel, Nathan ed. *A Treasury of Jewish Folklore*. New York: Crown Publishing, Inc., 1948.

Baumgold, Julie. *The Diamond*. New York: Simon & Schuster, 2005.

Encyclopedia Judaica. Jerusalem: Keter Publishing House, 1982.

Fleming, Ian. *Diamonds Are Forever*. New York: Bantam Books, 1956.

Guttman, Israel. ed. *Encyclopedia of the Holocaust*. New York: Macmillan Publishing Company, 1990.

Holy Bible, The New King James Version. Nashville: Thomas Nelson Publishers, 1979.

Keneally, Thomas. *Schindler's List*. New York: Simon & Schuster, 1982.

Krone, Chester. *Background to New York*. New York: The Macmillan Press, 1983.

Levine, Hillel. *In Search of Sugihara*. New York: The Free Press, 1996.

Rubens, Alfred. *A History of Jewish Costume*. London: Peter Owen Limited, 1967.

Sachar, Howard M. *A History of the Jews in America*. New York: Alfred A. Knopf, 1992.

Schaeffer, Susan Fromberg. *Anya*. New York: Avon Books, 1974.

Schulberg, Budd. *What Makes Sammy Run?* New York: Random House, 1941.

Schwartz, Howard & Rush, Barbara. *The Diamond Tree: Jewish Tales from Around the World*. New York: Harper Collins Publishers, 1991.

Shield, Renee Rose. *Diamond Stories*. Ithaca: Cornell UP, 2002.

Singer, Isaac Bashevis. *In My Father's Court*. New York: Farrar, Straus & Giroux, 1966.

——. *The Certificate*. Middlesex: Penguin Books, 1992.

Trachtenberg, Joshua. *Jewish Magic and Superstition*. New York: A Temple Book, 1984.

Yezierska, Anzia. *Bread Givers*. New York: Persea Books, 1925.

Yogev, Gedalia. *Diamonds and Coral*. New York: Leicester UP, 1978.

日野原重明『老いを創める』朝日新聞社、一九八五年。

堀秀彦『銀の座席』朝日新聞社、一九八一年。

——『石の座席』朝日新聞社、一九八四年。

『聖書』日本聖書協会、一九五五年。

守誠『ユダヤ人とダイヤモンド』幻冬社、二〇〇九年。

下山二郎『ホロコースト前夜の脱出——杉原千畝のビザ』国書刊行会、一九九五年。

滝川義人『ユダヤを知る事典』東京堂出版、一九九四年。

第2章　ユダヤ人と音楽産業――同化、混交、独自性

はじめに

音楽は日常の多くの場所に存在し、いわば日常の空気を色づける大切な要素であろう。通常、われわれには、幼いときから親しみ、身に付いた音楽があるかもしれない。それは、日々の活動を促進し、仕事の生産性を上げ、時には人生をも左右するだろう。音楽によってわれわれは悲惨なときにも励まされ、日常の些事を超越した境地に至り、人生を立て直すことができるからである。誰でも好きな本を味わえば満足するように、好む歌を聞きそれを口ずさめば幸福を感じ、新鮮な境地に浸れるであろう。そこには、われわれの気持ちを代弁してくれる言葉が響き、人生体験と結びついた歌詞が踊り、人生の思い出を乗せたメロディが輝く。「我が作家」、「我が作品」があると同様、「我が作曲家」、「我が愛唱歌」と呼べるものがあってよい。われわれは、歌を人生の道連れとして生きてゆくのである。そして、たとえば、われわれが海外へ赴く際など、愛唱

歌を携行すれば、道中の愉悦も増すに違いない。音楽は国境を越え、異文化を結び、世界平和に貢献する場合もあるのだ。著名なコンサート・ピアニスト、ベノ・モイスヴィッチ（一八九〇～一九六三）は語る、「ピアノの語りは、万国共通である」と。また、有名な米国の指揮者レナード・バーンスタイン（一九一八～九〇）は言う、「音楽には、名前をつけることが出来ないものに名前をつけ、知ることの出来ないものを伝える力があるのだ」と。

1　音楽のユダヤ性とは

このように音楽に関する一般論を述べた上で、それでは、ユダヤ系文学とビジネスを理解するひとつの切り口として、ユダヤ音楽を論じてゆこう。まずユダヤ音楽とは何であろうか、またそのユダヤ性とはいかに定義できるのであろうか。それは、日本の音楽に関してその日本性とは何か、と問うことに似ているであろうか。

振り返れば、ユダヤ音楽は、元々はユダヤ教と密接に結びついた祈りの音楽として生まれ、発展してきた歴史を持つ。もちろん、ユダヤ音楽にも、娯楽の要素は重要であるが、その上に、宗教や教育の意味合いが強いであろう。歌詞の中に、ユダヤ文化や宗教や教育にまつわる物語がしばしば含まれているのである。実際、ユダヤ音楽は、宗教儀式の中で活用され、耳に心地よく響くメロディによって神に祈りをささげ、さらに、神をあがめるメロディで聖書を朗読し、旋律に載せて聖書を暗記する際にも用いられてきた。この結果、しばしばユダヤ人の中には、学齢期になるまでにモーセ五書を暗記している者が少なくないという。ユダヤ教の聖書朗唱をカンティレーションと呼ぶが、それは、イスラム教のコーラン朗唱と似ている。両宗教には、聖典の黙読や棒読みをよしとしない共通点が見られるのである。結局、ユダヤ教徒は、長い流浪（ディアスポラ）の歴史において、諸国に建設されたユダヤ教会堂（シナゴーグ）での聖典朗唱があったればこそ、その苦難の歴史を耐え忍ぶことができ、さらにその朗唱から、あらゆるユダヤの伝統音楽を発展させることもできた。そして、このことがさらにユダヤ人の存続やアイデンティティの確立にも貢献してきたのである。

実際、流浪の歴史において、祈りの調べは、ユダヤ人が住んださまざまな土地の影響を受けたことであろうが、ユダヤ共同体の中で、基本的には昔のままに歌われ続けてきた。離散地の音楽風土に溶け込みながらも、なおヘブライ語、ユダヤ文化、ユダヤ教など、ユダヤ民族を象徴する精神構造を、その中に色濃く投影してきたのである。歴史家ポール・ジョンソンは言う、「ユダヤ音楽の伝統はヨーロッパのどんなものよりもずっと古いものだった。音楽は長い間ユダヤ教の礼拝の構成要素であったし、先唱者は地方のユダヤ社会においてはラビと同じように中心人物といっていい存在だった」（『ユダヤ人の歴史』下巻　一七二）と。ここでラビとは、ユダヤ共同体の精神的な指導者であり、いっぽう、先唱者とは、文字通り、シナゴーグにおいて、会衆の朗唱を先導する役割を果たす人である。したがって、先唱者とは、聖典の知識に秀でている上に、プロ歌手として活躍できるほど、美声を誇る人物である。ちなみに、先唱者を主人公とした映画『ジャズ・シンガー』（一九二七）や、イディッシュ文学におけるショレム・アレイヘムの小説『先唱者の息子モッテルの冒険』（一九五三）などが、その活動を伝えている。

紀元七〇年、ユダヤ人は第二神殿をローマ軍に破壊されて故国を失い、諸国を流浪する状況へと陥ったが、異郷の地で彼らが生き残ってゆくためには、何かひとつのことに優れていることや、各自の強みを発揮できることが必要であった。そのためには学問にせよ商売にせよ、一番大切なものは教育であるということを彼らは悟っていた。たとえば、音楽について、子供に非凡な才能があると判明すれば、周囲の共同体がこぞってその子供を応援する慣習があった。ひとつの輝ける才能を周囲の協力によって大きく育てながら、同時に共同体の教育水準をも上げてゆくことを目指したのである。

そこには、まさに「ユダヤ人による、ユダヤ人のための、ユダヤ人としての音楽」と呼べるものが存在していたことであろう。すなわち、ユダヤ教敬虔主義ハシド派の歌、流浪のユダヤ芸人クレズマーの音楽、そしてイディッシュ民謡などである。これらはそれぞれ相互に影響しあい、交錯しながら、ロシア・東欧の民俗音楽の、比類なきほどに豊かな領域を形成してゆくのである。

そこで、これらの元となるユダヤ礼拝音楽の変容を研究する際に、神殿の崩壊、シナゴーグの誕生、聖書朗唱、アラブ文化の影響、中世とそれ以降の非ユダヤ旋律の浸透、ユダヤ教神秘主義カバラーとハシド派の影響などを考慮してゆく必要があるだろう。

ところで、『イディッシュ語のことわざ』（一九四九）は言う、「百姓は、腹が減れば、女房をひっぱたくが、ユダヤ人は、空腹のとき、歌を歌う」（三七）と。これに対してロシア農民を愛した文豪トルストイには異論があったであろうが、このことわざにおける農民は破壊的である。それに対して、ユダヤ人はマイナスをプラスに転化して建設的であると言えよう。ユダヤ人は、いかに俗世間が迫害に満ち理不尽なものであったとしても、「詩篇」を口ずさみ、秩序を内包する聖典に浸ることによって、精神の安らぎを得たのだ。彼らは、歌い、学ぶことによって、差別や迫害への建設的な抵抗を試みたのである。

2　聖書と音楽

さて、音楽は、われわれの内面に超自然への覚醒を誘う場合があるだろう。たとえば、日常の些事より心を解放させるために、繰り返し聖歌を唱えてみる。それは、宇宙に満ちる天上の音楽と響き合い、さらにそこでは天使も歌い、星々や草木や動物も神に向かって歌う。われわれが心身ともに調和が取れているとき、その存在は充実し、意識は高次な領域へと飛翔してゆくであろうが、そこで音楽はわれわれの生活の質を高め、われわれを宇宙の頂へと導いてくれよう。エドワード・ホフマンの『光輝への道』（一九八一）によれば、ユダヤ教神秘主義は日常の聖化と音楽のかかわりを重視するが、ここでは宗教的な音楽によって、日常の聖化が達成されるのである。

そうした音楽への言及を、われわれは聖書に多く見出すことができる。音楽を鍵として聖典を味わうようわれわれを誘うのだ。

たとえば、以下の聖句は音楽の起源を思わせよう。「その弟の名はユバルであった。彼は、竪琴と笛を巧みに奏するすべてのものの先祖となった」(「創世記」四章二十一節)と。ヘブライ民族の器楽の起源を述べている箇所である。イスラエルでは考古学者の発掘調査によって、昔の楽器の形態が判明する場合もあろうが、古代の竪琴や笛はいかなる形態のものであったのだろうか。想像をかきたてられる。ちなみに、『ユバル』と題された音楽の研究誌がエルサレムのヘブライ大学より出版されている。また、神が、地上で呻吟するヨブにその全知全能を告げる場面があるが、「そのとき、明けの明星がともに喜び歌い、神の子達は皆喜び叫んだ」(「ヨブ記」三十八章七節)という。これは、神秘的な次元の歌であり、またそれは合唱の起源とも見なせよう。

次に、聖書には祝いの歌が響く。たとえば、モーセ一行を追跡してきたエジプト王ファラオの軍勢が馬もろとも海の藻屑と消えたとき、イスラエルの人々は「紅海の歌」を唱えた。「主に向かって私は歌おう。彼は輝かしくも勝ちを得られた。彼は馬と乗り手を海に投げ込まれた」(「出エジプト記」十五章一節)と。

そして、これに「ミリアムの歌」が続くのである。「アロンの姉、女預言者ミリアムはタンバリンを手に取り、女たちもみなタンバリンを取って、踊りながら、その後にしたがって出てきた。そこでミリアムは彼らに和して歌った。主に向かって歌え」(「出エジプト記」十五章二十～二十一節)

と。ここでは、音楽のみでなく、当時、女預言者が活躍していたことも注目に値しよう。

いっぽう、祝いの歌に対して、悲哀の歌も散見される。「時にエレミヤはヨシヤのために哀歌を作った。歌歌う男、歌歌う女は今日に至るまで、その哀歌のうちにヨシヤのことを述べ、イスラエルのうちにこれを例とした」（「歴代志下」三十五章二十五節）。また、シオンへの哀歌がわれわれの胸を打つ。「我らはバビロンの川のほとりにすわり、シオンを思い出して涙を流した」（「詩篇」一三七章）。そして、「ダビデはこの悲しみの歌を持って、サウルとその子ヨナタンのために哀悼した。――これはユダの人々に教えるための弓の歌で、ヤシャルの書に記されている」（「サムエル記下」一章十七～十八節）。

次は、現代の音楽療法に通じる聖句であるが、ダビデがサウル王に対する音楽の精神的な治療効果を述べる箇所である。サウルは軍事に秀でていたが、うつ病を患う時期があった。そこで、「神から出る悪霊がサウルに臨むとき、ダビデは琴をとり、手でそれをひくと、サウルは気が静まり、よくなって、悪霊は彼を離れた」（「サムエル記上」十六章二十三節）。『ユダヤの魔法と迷信』（一九八四）にも、「音楽は狂気を癒すと中世では信じられていた」（一九六）と指摘があるが、元来、音楽には心を楽しませ、ストレスを減少させ、心身を回復させる効果があるのだ。

ユダヤ教神秘主義カバラーを論じるエドワード・ホフマンの『天への階段』（一九九六）によれば、十二世紀のスペイン生まれのユダヤ人マイモニデスは、学者、哲学者、共同体の指導者、医師として顕著な働きをしたが、病気の治療は、患者の食事や運動や感情にも関わることを説き、魂の問題を抱える人々に音楽療法を薦めたのである。

また、『音楽療法入門』（一九九八）は語る。音楽療法とは、「音楽の持つ、生理的、精神的、心理的、社会的働きを、心身の障害の回復、機能の維持改善、生活の質の向上に向けて、計画的に活用して行なわれ」、「患者とセラピストと音楽の三者」によって構成される。それは、音楽の持つ機能を活用し、各自がその人らしく生き、その人の持ち味を生かすことができるよう配慮されるのである、と。

さて、歌われる宗教詩であった詩篇全百五十編の半数近くは、ダビデ王の作といわれるが、「ダビデは、ユダヤ人聖歌の確立の大功労者なのだから、ダビデ王こそ、西洋音楽の太祖である、という言い方が成り立つかもしれない」と村松剛はいう（『ユダヤ人』一二二）。日本人ならば折々の気持ちを短歌や俳句に表わしてきたように、ユダヤ人はロシアより単身渡米して被服産業において頭角を現すデイヴィッド・レヴィンスキー（『デイヴィッド・レヴィンスキーの出世』）を含めて、詩篇に時や場所にまつわる感情を投影してきたのだ。

聖書は常にユダヤ民族の心に生き続けてきたが、それは聖書がもっぱら旋律をもって朗唱され、学び取られなければならない、とする原則が維持されてきたことに起因するのである。

３　ハシド派の音楽

　時代は下って、十八世紀までヨーロッパのゲットー（ユダヤ人居住区）での生活は、とても耐え難いほどひどいものであったという。打ち続く迫害の中で経済、そして閉塞的な状況で道徳や精神までが荒廃していったのである。

　このとき、ユダヤ民族の中に二人の指導者が現れた。モーゼス・メンデルスゾーン（一七二九－一八六）とバール・シェム・トーヴ（一六九八－一七六〇）である。

　ドイツ系ユダヤ人であったメンデルスゾーンは、ユダヤ人がゲットーから解放されるためには、啓蒙主義のヨーロッパ社会に同化することが必要であると説いた。すなわち、それは啓蒙主義を推進し、ゲットーや戒律のくびきから解放されて異邦人社会に同化を求めることであった。そこで、ユダヤ人は、キリスト教に改宗するものが増え、それまで彼らに閉ざされていた職業に就いたり、シナゴーグでヘブライ語の代わりにドイツ語の祈りや賛美歌を取り入れたり、ユダヤ人音楽家の代わりにキリスト教徒の音楽家を雇ったりした。このために、ユダヤ人音楽家は、生計を立てるのに苦労することになった。

　それに対してバール・シェム・トーヴは、貧困と迫害という現実から逃れるためには、精神的にそれを乗り越え、ユダヤ民族の本質へと向かうべきだとした。これがユダヤ教敬虔主義ハシド派である。ハシド派は、十八世紀の半ばに、東欧のユダヤ人の間に起こった宗教復興運動である。

ハシド派は、エドワード・ホフマンの『光輝への道』や牛山剛の『ユダヤ人音楽家』などにも指摘があるように、神を信仰するに当たって、歌と踊りと歓喜を重視した。、日本でも天照大神の古事に源のある神楽は、神道の音楽や踊りとして神を楽しませ、そこで見えない神は神輿に乗って回るが、さらに神社の祭典における音楽や踊りは、日本の音楽や踊りを発展させる源になった。

いっぽう、ユダヤ人は、貧しさの中で歌や踊りを通して精神的な豊かさを求めるハシド派に惹かれ、ハシド派は多くのユダヤ人、特に貧しいユダヤ人の間に、野火のように広まっていったのである。極貧のユダヤ人に勇気を与えるハシド派は、「十九世紀末までに三百万、四百万と信者が増加していった」(『ユダヤ百科事典』一九八二)という。

ハシド派の祈りは、「喜びの心と献身の心を持って神を賛美する」という言葉が基本になっているが、この歓喜の中での礼拝には、歌を歌うことが非常に重要であった。バール・シェム・トーヴをはじめとして、彼の曾孫であるブラツラフのラビ・ナハマンを含めたハシド派の師たちは、歌によって人を高次の意識状態へと導けると信じていた。それは大衆にとっては親しみやすい方法であった。素晴らしいメロディを味わえば、人は憂鬱を吹き飛ばし、精神を高揚させ、通常の意識を超えた世界へと運ばれるのである。そこでは自意識が失われ、日常の些事から解放され、神的世界の認識へと至る道が開かれてゆく。歓喜を通して得られる力と恍惚、これがハシド派の極致であるが、その極致には歌と踊りを通して到達することができるのである。

ハシド派の賛歌は、歌詞の伴わない発声による歌唱、すなわちニグン(複数形はニグニン)と呼ばれる。信者たちは、瞑想し気持ちを集中させ身体をリズミカルにゆすりながらニグンを唱える。歌詞があると、歌詞が終われば曲も終わらねばならないが、いっぽう歌詞のない歌であれば、いつまでも繰り返すことが可能であり、それは人を霊的に歓喜の状態に押し上げ、天上の門へと向かわせることができる。言葉のない調べ、ニグンを通して人を結び、やがてそれを民族の結びつきとし、世界に新しい時代を到来させる。ハシド派の信者たちは、ニグンを通して、そのようなミッションを思うのである。

やがて、ニグンは、ユダヤ人のフォークソングとなり、現代のイスラエルでも歌われ続けているのである。

4　クレズマーの音楽

ハシド派は、その熱烈な歌や踊りでクレズマーの世界にも消え去ることのない足跡を残した。流浪するユダヤ楽団クレズマーは、東欧ユダヤ人世界と西欧世界を往来し、しばしばゲットーの音楽と異邦人の音楽との仲立ちを務めた。彼らは、諸国でさまざまな音楽の影響を受けながら、いわばそれを縫い合わせる手法も編み出したのである。

いっぽう、つらい人生を送るゲットーのユダヤ人たちは、せめて安息日にはシナゴーグで音楽の憩いを求めたが、共同体の精神的な指導者ラビは、異邦人の影響を恐れてそれを許さなかった。

また、パイプ・オルガンも古代ユダヤ人によって作られたといわれるが、オルガン音楽が十二世紀ヨーロッパのキリスト教会で欠かせないものとなったときにも、ラビたちはシナゴーグでその演奏を禁じた。シナゴーグでオルガンを使用する件は長く議論され、「ようやくシナゴーグにオルガンを導入することが十九世紀末より二十世紀はじめにかけて見られた」(『ユダヤ百科事典』)という。紀元七十年の第二神殿の崩壊後、ラビたちは喪に服する意味でシナゴーグにおける全ての演奏音楽を禁止した。その姿勢は十七世紀まで続き、それはユダヤ人音楽家に対する否定的な態度を醸成したのである。しかし、やがて共同体全員が集う結婚式において、音楽は欠かせない要素となってゆき、クレズマーがその結婚式を盛り上げるのに大切な役割を演じたのである。

ところで、黒人音楽の場合も、放浪の旅芸人たちが存在した(『アメリカン・ルーツ・ミュージックとロックンロール』二〇一二)。クレズマーも、ユダヤ共同体の外側にあって各地を流浪する芸人である。ほとんどのクレズマー音楽家は、楽譜の読み書きができなかったというが、楽譜なしでも音を聞き分ける鋭い音感を持っていたという。

ヤエル・ストロームの『クレズマー読本』(二〇〇二)や黒田晴之の『クレズマーの文化史』(二〇一一)は、流浪のユダヤ楽団にまつわる歴史や数々のエピソードを伝えている。これらを参照しながら、クレズマーが放浪した当時の諸国を眺めてみよう。

まず、イタリアにおいて、国家の指導層はユダヤ人に寛容であり、そこでユダヤ音楽や芸術が発展した。ユダヤ人の楽器演奏はイタリア・ルネサンスの間に栄えたが、十七世紀半ばまでに異邦人の音楽家たちはユダヤ人音楽家と競うことに否定的となり、そこでイタリアを追われたユダヤ人音楽家たちは、中央ヨーロッパのユダヤ共同体を巡り、生活の糧を求めたのである。

ドイツのユダヤ系音楽家は、技量がイタリアの場合に及ばなかったが、それでも十四世紀から十六世紀にかけてのシナゴーグの音楽は、イタリアの場合に匹敵した。ヴァイオリンは十六世紀にイタリアで作られたが、ドイツのゲットーにそれがもたらされたのは十七世紀末であった。時には一週間も続くユダヤ人の婚礼においてダンスや音楽は盛んであったが、ラビはシナゴーグが余興の場と化すことを恐れ、そこでユダヤ人のダンスホールが作られた。多くのユダヤ人の結婚式は、安息日に入る金曜日の日没前に行なわれ、クレズマーはそこで歌を歌い、コミカルな演芸をした。これらの芸人は、ラビの反対にもかかわらず、ユダヤ人の結婚式において不可欠の要素となり、クレズマーは、十八世紀までに楽器および芸人を意味するようになった。

第一回の十字軍遠征（一〇九六）を経てユダヤ人虐殺が増加し、ユダヤ人はドイツよりポーランドへと逃げた。ユダヤ人はその経済力や技術力のためにポーランドで保護されたが、黒死病が一三四八～九年に流行した際には井戸に毒を投げ込んだと中傷され、コサックの首領フメルニツキの反乱では多くの犠牲者を出し、さらにルーマニア、トルコ、スロヴァキアなどに逃れた。トルコやギリシャなどオスマン帝国領に逃げ込んだユダヤ人音楽家は、ロマ（ジプシー）の音楽家とともにオデッサやイスタンブールにまで演奏旅行をした。ただし、これらの社会変動は伝統から遊離したユダヤ人にも責任があると非難され、そこで宗教的な禁欲主義も広まり、ポーランドなどでは次第に音楽に親しむ余裕が失われた。

十九世紀の半ばにいたってもイディッシュ語が用いられる東欧では芸人の需要が衰えず、プラハでは特に繁栄した。プラハのユダヤ人墓地には、著名な芸人たちが埋葬されている。プラハのユダヤ芸人たちは、キリスト教徒の芸人と競いながら、教会でも演奏し、安息日も祝った。また、王位継承や貴族の子供の誕生などを祝って、ユダヤ芸人は通りを練り歩いた。しかし、マリア・テレジアやその息子による迫害によってプラハの音楽文化は一七四五年、幕を閉ざしてゆく。

小さなユダヤ人町（シュテトル）には、『屋根の上のヴァイオリン弾き』に描かれた牧歌的要素もなくはなかったが、住人たちはむしろ貧困、汚濁、厳冬、酷暑、湿地で発声する蚊の襲撃などに悩まされていた。そのシュテトルで、「涙のない葬儀は、クレズマーのいない結婚式のようなものだ」、「クレズマーのいない結婚式は、持参金のない花嫁より始末が悪い」、「しいんとした結婚式は、乞食のいないシュテトルと同様、ありえない」と言われたほど、クレズマーは重要な役割を演じた。ただし、彼らは結婚式で重宝されたものの収入は乏しく、聖典に詳しいとは見なされず、その社会的地位は低かった。そうした逆境で、クレズマーはお互いに助け合った。

二十世紀にホロコーストが迫り来ると、ゲットーでの音楽は、悲惨に泣く人々にとってせめてもの娯楽、療法、希望となった。しかし、やがてゲットーより収容所に強制移送された音楽家は、そこのオーケストラに参加させられた。ファニア・フェヌロンの『ファニア、歌いなさい』（一九八一）でも詳述されるように、抑留者がガス室での死に赴くとき、オーケストラは死の夕ンゴを演奏したのである。優れた音楽家がイスラエルやアメリカに移住した反面、多くのクレズマーがホロコーストで命を落とした。

第二次大戦によってユダヤ人の東欧世界は崩壊し、クレズマーは大打撃を受け、その回復には、一九八〇年代半ばまで待たねばならなかった。主としてブルックリンに居を構えた戦後のハシド派の人々は、イディッシュ語、宗教的な習慣、民族文化をアメリカに持ち込んだが、そうした伝統を絶やさない流れがあってこそクレズマーの復活も可能となったのである。

ホロコーストの衝撃の後、人々はさまざまな方法でユダヤ性を模索している。イスラエルの政治状況に幻滅して、イディッシュ文化のルーツに向かう者もいれば、ホロコーストや移民を含む東欧の歴史や文化に辟易して、他の地域に同化を求める者もおり、あるいは独特の民族的ルーツに向かう者もいる。その中で、クレズマーを通して自己のルーツに近づこうとする者も存在するのである。特にロシア、ポーランド、ハンガリーなどより移住したアシュケナジ系の多いアメリカでは、東欧文化の背景を探る傾向が強い。現在、アメリカでは各地でクレズマーの祭典が催され、レコード店ではクレズマーの棚が整備されている。非ユダヤ人の中にもクレズマー愛好者が増えているが、それは異国情緒への関心やユダヤ民族迫害に関する彼らの罪意識が、クレズマーへの興味を促す要素となっているのであろう。人は、ほとんど消滅した文化に関心を抱くものであり、また、現代文化に漂う虚無感を埋めるためにクレズマーを愛好することも人気の理由の一端であろう。

歴史を振り返れば、東欧のユダヤ人の言語イディッシュ語もクレズマーも流浪の中で変容してきたが、クレズマーは、アシュケナジ系の文化を反映し、イディッシュ語に根付いたものであり続けるであろう。われわれは、歴史や民話やイディッシュ語に触れながらクレズマーを深く味わうのである。

ところで、クレズマーの演奏を聴いていると、主旋律にいろいろなメロディが絡み合わされて美しく響くが、こうしたメロディのいわば「縫い合わせ」が流浪体験をくぐってきたクレズマーの特質であり魅力ではないかと思われる。

なお、クレズマーの「縫い合わせ」を思わせる日本の作曲家として、流浪体験を経てきた古賀政男、遠藤実、船村徹を挙げておきたい。

5　イスラエルの音楽

イスラエルでは、ハシド派がクレズマーを持ち込むが、そこでクレズマーはディアスポラの音楽と見なされている。実際、ディアスポラのユダヤ人を「新たなユダヤ人」に変容させようと図るシオニズムとクレズマーとは、対極的であろう。スピリチュアルより生まれたジャズとも似て、クレズマーは古代イスラエル人の祈りのメロディより生まれ、流浪の民族の音楽であり、精神的・文化的な故国への憧れを歌う。したがって、クレズマーがイスラエル文化や音楽と交わることは困難かもしれない。ただし、イスラエルでも国際的なクレズマー音楽祭が開催されており、クレズマーを各演奏者や愛好者がそれぞれに掘り下げてゆけば、それが別の音楽ジャンルと響き合うかもしれない。それが伝統的な音楽より学びながら、未来の音楽を創造してゆく過程となることを期待したい。

パレスチナ・オーケストラ（転じてイスラエル・フィルハーモニー管弦楽団）は、一九三六年に設立された。有名な指揮者トスカニーニをアメリカより迎えて、一九三六年十二月にオープニング・コンサートを開いたのである。メンデルスゾーンの「真夏の夜の夢」などを演奏した。その後、管弦楽団は中東戦争とともにその歴史を歩む。一九四七年、レナード・バーンスタインの指揮で「エレミヤ交響曲」を演奏する。エルサレムの崩壊を嘆き、その回復を訴えて神に祈る預言者エレミヤの哀しみと願いは、そのまま当時のイスラエルの人々の気持ちであったことだろう。周囲を敵に囲まれて暮らすイスラエルの人々にとって音楽は大切であり、彼らの生活とイスラエル・フィルハーモニー管弦楽団は切っても切れない関係にある。

イスラエルの国歌「ハティクバ」は、幾多の艱難を潜り抜けてきたイスラエルの国歌にふさわしく、歌う人、聴く人の心を揺り動かす。「ハティクバ」は「希望」という意味であり、その旋律は荘厳かつ情熱的で、聴くうちに希望が沸いてくるような力強さにあふれている。

フォークダンス「ホラ」は、人々が輪になって踊る、適度の速さの四拍子のダンスであり、喜ばしい快活なリズムを持ち、イスラエル初期の主要なダンスとして、民族の活動の象徴とさえなった。

「マイム・マイム」の歌詞は、「イザヤ書」十二章三節の詩句から取られている。「あなた方は喜びながら、救いの泉から水を汲む」。旋律は、ハシド派の讃歌のようであり、そこには軽快な民族の輪舞ホラのリズムの特徴が感じられる（『ユダヤ音楽の旅』二〇三）。

イスラエルの歌と見なされる「ドナ・ドナ」は、もとはヨーロッパのゲットーで生まれたイディッシュ民謡であったが、ジョーン・バエズの透き通った声で歌われ、大ヒットした。馬車の上には悲しい眼をした一匹の子牛が乗せられている。理由もわからずに、市場に運んでゆかれ、殺される運命にある。空には風が自由に吹き、燕が舞い飛んでいるというのに。

哀愁を帯びたこの曲は、クレズマー音楽のレパートリーとしても知られている。ユダヤ人の運命を子牛にたとえて歌った抵抗歌である。ホロコースト文学を長年読んできた筆者にとって、「ドナ・ドナ」の歌詞は、貨物用貨車に詰め込まれ、強制収容所に連行され殺されゆくユダヤ人の運命とどうしてもダブってしまう。

今日のイスラエル・フォーク・ソング界の中心的な存在は、一九三〇年生まれのナオミ・シュメロであろう。代表作は、彼女が作詞作曲した「イェルシャライム　シェル　ザハヴ」（「黄金のエルサレム」）である。これは、映画『シンドラーのリスト』の最後にも流れている有名な曲である。

イスラエル音楽は、遠い日本からも、直接、音による資料を通して、不断に理解してゆく道が開かれている。われわれは、イスラエル音楽の理解に一歩ずつ近づきながら、同時にわれわれ自身の音楽を省みるきっかけをつかむことができるだろう。

6　フォークロック

ショレム・アレイヘムの原作によるミュージカル『屋根の上のヴァイオリン弾き』がブロードウェイで大ヒットし、ロングランを続けたのは一九六〇年代半ばから一九七〇年代にかけてであったが、それはヴェトナム戦争が激化し、ボブ・ディラン（一九四一～　）がアメリカで神格化され、戦後の若者文化がウッドストックに集結した時代であった。

ディランは、アメリカ全土を旅し、グリニッチ・ヴィレッジで歌い、フォークや反戦歌の波に乗り、ほとんど独力でフォークとロックを合体させた「フォークロック」を生み出した。すなわち、人はいつになったら悲劇の繰り返しを悟るのかと問う "Blowin' in the Wind" のフォーク調から、"Like a Rolling Stone" を初めとして、人生の変転と恋人の支えを歌う "Shelter from the Storm" などのフォークロック調への転身である。

これは、日本では歌謡曲と浪曲を合わせた「歌謡浪曲」を連想させようか。たとえば、つやのある美声で浪々と歌い上げる三波春夫、オーケストラをバックに黄金の声を響かせる真山一郎、声量豊かな美声によってせつせつと訴える島津亜矢が、「赤穂浪士」、「番場の忠太郎」、「一本刀土俵入り」など、義理と人情をテーマとした力作を発表している。

さて、ディランは、ユダヤ系であることを前面に出しているわけではないが、それでも彼の歌詞よりユダヤ性を思わせるものを検討してみよう。

たとえば、彼の歌詞には聖書への言及が多い。ファラオやゴリアテ（“When the Ship Comes In”）、アブラハムと息子イサク（“Highway 61 Revisited”）、そして、ソドム、ゴモラ、「レビ記」、「申命記」（“Jokerman”）などである。

また、万物を創造する神を称え（“Father of Night”）、神に頼ることで新たな変化を生じさせ（“Ye Shall Be Changed”）、この世の目的は人を愛し神の定めに従うことであり（“Oh, Sister”）、堕落の人生より救われたことを神に感謝する（“Saved”）。さらに、生命を与えてくれた神に対して何ができようかと問い（“What Can I Do for You?”）、世界の創造以前より存在していた堅固な岩、神にしがみついていよう（“Solid Rock”）と歌う。

他にも、神の高次元の求めに応え（“Pressing On”）、最後の審判を受ける準備を問い（“Are You Ready?”）、光の国、愛の国、希望の国を目指してゆく（“City of Gold”）。また、いかに遠くても、ここより天に至る道があり（“God Knows”）、創造主は自分の生き方に変貌をもたらし（“You Changed My Life”）、身に余る神の恵みによって救われるであろう（“Saving Grace”）と歌う。

また、彼の歌詞は、人生の悲哀にしばしば同情を寄せ、逆境の中で正義を求めている。たとえば、無実の罪で逮捕された男（“Hurricane”）や、銃を持たずに仁義を守り親族や他人から愛されたギャング（“Joey”）を悼み、不正によって殺された女性の哀れで孤独な死（“The Lonesome Death of Hattie Carroll”）や、名も知れぬ年老いた浮浪者の死（“Only a Hobo”）を嘆き、孤独な浮浪者（“I am a Lonesome Hobo”）や貧しい移民（“I Pity the Poor Immigrant”）を哀れむ。さらに、南部で黒人少年がなぶり殺しにされ、犯人たちはいんちき裁判によって釈放されてゆくが、心ある人がそれぞれ最善をつくせば、このような世の中でも改善されよう（“The Death of Emett Till”）と歌う。戦争などで人命が粗末に扱われているが、こんな状況でもプラス思考で生き、散るときには頭を高く上げて死にたい（“Let Me Die in My Footsteps”）、悲しまないで行こう、倒されても立ち上がろう、たとえ自分が死んでも、この歌は歌い継がれてゆくだろう（“Ain't Gonna Grieve”）と訴える。ディランは、（“Long Time Gone”にも示唆されているように）言葉と歌でこの世に救済をもたらそうとする預言者であろうか。

ディランと比較すれば、サイモンとガーファンクルの場合は、優しいフォークロックとでも言えようか。神は、われわれの内面で、「静かな小さい声」（「列王記上」十九章十二節）として存在しており（“Sound of Silence”）、歌の中に物語性が含まれ（“Boxer”）、歌の中に流浪のイメージが漂う（“America”）。音楽家の父親の元で育ったポール・サイモン（一九四一〜　）。子供の頃からシナゴーグに出入りし、先唱者の役割も務めたアート・ガーファンクル（一九四一〜　）。彼らの下地にはユダヤ音楽が流れており、さらにアイリッシュ・ケルト、南米のフォルクローレ、黒人のブルース、ゴスペル、ニューオーリンズ・ジャズ、レゲエ、サルサなどからの影響を積み重ねてゆく。さまざまな音楽文化の要素を咀嚼し、活用してゆく。それは、流浪の中で差別と迫害の歴史を経てきたユダヤ人の存続のわざを思わせるものである。

また、それは、愛、友情、約束の地を歌うキャロル・キングの「つづれ織りの人生」（"Tapestry"）を連想させようか。ちなみに、ノーベル文学賞を受賞したユダヤ系アメリカ作家ソール・ベローは『ユダヤ珠玉短編集』（一九六三）の序文で「不純、悲劇、希望を含む混交」を受け入れ、混交より希望を見出してゆく姿勢を説く。

7　クラシック／ジャズ

十九世紀から二十世紀にかけてアメリカは高度成長を遂げるが、経済発展の中心はアングロ・サクソン系（ワスプ）の手中にあり、彼らは海運、鉄道、鉄鋼、石油、重工業、大農園など、国の基幹産業を所有し、上流階級を形成した。

そのいっぽうで、劇場、新聞、出版、音楽、興行などの瑣末的産業には彼ら企業家は手を出さず、二十世紀始めにそれら隙間産業に従事していたのはユダヤ人たちであった。だがまもなく劇場や興行の世界はレコード、ラジオ、映画、テレビへと発展してゆき、出版と並んで情報メディアは巨大化する。そこにナチスに追われたユダヤ人の優れた学者、音楽家たちが到着したことによって、第二次大戦後はクラシックを含めて学問、芸術におけるヨーロッパとアメリカの地位は逆転した。これは、一つにはホロコーストがもたらしたものである。

それでは、『偉大なユダヤ音楽家たち』（一九八六）や『ユダヤ学のすべて』（一九九九）などを参照しながらクラシックの巨匠たちを眺めてみよう。

たとえば、十二音技法の原理を編み出したことで知られるアルノルト・シェーンベルク（一八七四〜一九五一）の母方の家系には、代々先唱者が存在した。彼はルター派へ改宗したことがあるが、それは生涯における模索を表わしていよう。しかし、ナチスに追われ、アメリカへ渡ってからは精力的にユダヤ人同胞のために尽くすようになった。ただし、アメリカへ移ってからの歳月は、ホロコーストの悲惨な知らせのために平穏がなかった。「コル・ニドレイ」や「モーセとアロン」を作曲し、また「ナポレオンへの歌」は、ナポレオンに託してヒトラーへの怒りを込めた作品である。そして、「ワルシャワからの生き残り」は、ワルシャワ・ゲットーから脱出したユダヤ人が自ら体験した恐怖を、演奏と同時進行で朗唱風に語ってゆく。

ジョージ・ガーシュウィン（一八九八〜一九三七）は、貧しいロシア移民を父母としてニューヨークに生まれた。やがて、ブロードウェイ・ミュージカルの作曲家として、また、ハリウッド映画の作曲家としても次々とヒットを飛ばした。「ラプソディ・イン・ブルー」、「パリのアメリカ人」、そしてオペラ『ポーギーとベス』では、「サマータイム」、「ベス、ユー・イズ・マイ・ウーマン」などの美しく感動的な曲を作った。シナゴーグでの祈りやユダヤ民謡を思わせるメロディを含む曲もある。

「スウィングの王様」ベニー・グッドマン（一九〇九〜八六）は、十歳のときにシナゴーグでクラリネットを吹く。白人のバンドリーダーとして最初に黒人をグループ公演に参加させ、ラジオやテレビでも活躍し、ジャズだけでなくクラシック音楽も手がけている。彼の「そして天使は歌う」にはクレズマーの間奏が入っている。

ロシアで先唱者の息子として生まれたアーヴィング・バーリン（一八八八〜一九八九）は、シナゴーグでユダヤ音楽に親しんだ。「アレクザンダーズ・ラグタイム・バンド」をヒットさせ、やがて「ゴッド・ブレス・アメリカ」や「ホワイト・クリスマス」を作曲してゆく。彼は、さまざまなジャンルの音楽を吸収し、それを独自なものに変えた。

レナード・バーンスタイン（一九一八〜九〇）の祖父はユダヤ教のラビであり、父親も教えに忠実なユダヤ教徒であった。その背景と血の中から生まれたのが、「エレミヤ交響曲」である。また、それと並んで、ユダヤ民族の血と心を反映させた「交響曲三番（カディッシュ）」を完成させた。「バーンスタインは、一九四八年、ミュンヘンの難民キャンプでホロコースト生存者のために演奏を行なった数少ない指揮者の一人であった」（『音楽は語る』一九八七）。

交響曲や歌曲の分野で知られるグスタフ・マーラー（一八六〇〜一九一一）は、反ユダヤ主義と闘いながら、作曲を続けた。「第八交響曲」は大規模な曲であり、マーラーの巨大なもの、強力なものへの執念を表している。また、「第三交響曲」の軍楽隊のラッパのような出だしは、シナゴーグの朗唱旋律を髣髴とさせるものである。マーラーの一生は、チェコ、オーストリア、ドイツ、さらに新大陸アメリカへと、まさに流浪の音楽家の一生であった。

おわりに

音楽は、ちょうどユーモアによって人が精神的・肉体的な健康を得るように、われわれの精神や肉体を健全に導いてくれるであろう。それは、ユーモアがユダヤ人の存在に貢献したように、ユダヤ人の存続を助ける要因であったことだろう。

ユダヤ人は、差別と迫害の歴史、そして流浪において、いくつかの仕事を同時進行させる生き方を体得していった。同時にいくつかの仕事をこなさなければ、逆境に対応してゆけないからである。たとえば、ヘレン・エプスタインは、ホロコースト生存者である彼女の母親が「五つの仕事を苦も無くやり遂げた」（『ホロコーストの子供たち』六四）と述懐している。また、アイザック・バシェヴィス・シンガーの『メシュガー』（一九九四）の中で、ある登場人物はこともなげにいう。「ジャガイモの皮むきをしたり、お皿洗いをしながらでも、きちんとした人は、万事をこなせるのよ」（一三九）と。また、エドワード・ホフマンは、厳しい中東情勢の中で暮らすイスラエルの人々が体得した「複数の仕事の同時進行」について興味深く論じている（『ユダヤ文化便覧』一一二）。

ユダヤ人は厳しい環境の中で、多くの仕事を成し遂げ、効率性や生産性を挙げることを学んだのである。このことは本稿で述べてきた彼らの音楽にも当てはまる。さまざまな影響を吸収してきたユダヤ人の音楽は、そうした混交の中でも独自性を失うことが無かった。それはなぜかといえば、彼らはユダヤ性、精神の核、神との絆を維持してきたからである。彼らは混交の中においても肝心のもの、独自のものを失わずに生きてきたからである。

引用・参考文献

Ayalti, Hanan J. ed. *Yiddish Proverbs*. New York: Schocken Books, 1949.

Bellow, Saul ed. *Great Jewish Short Stories*. New York: Dell Publishing, 1963.

Cahan, Abraham. *The Rise of David Levinsky*. New York: Harper & Row, 1917.

Dylan, Bob. *Lyrics 1962-2001*. New York: Simon & Schuster, 2004.

Encyclopedia Judaica. Jerusalem: Keter Publishing House, 1982.

Epstein, Helen. *Children of the Holocaust*. Middlesex: Penguin Books, 1979.

——. *Music Talks*. New York: McGraw-Hill Book Company, 1987.

Hoffman, Edward. The Way of Splendor. Boston: Shambhala, 1981.

——. *The Heavenly Ladder*. Dorset: Prism Press, 1996.

——. *Understanding Jewish Culture*. New York: Four Worlds Press, 2012.

Holy Bible. *The New King James Version*. New York: Thomas Nelson Publishers, 1979.

Isaacs, Ronald H. *Jewish Music: Its History, People, and Song*. New Jersey: Jason Aronson, 1972.

Lyman, Darryl. *Great Jews in Music*. New York: Jonathan David Publishers, 1986.

O'Brien, Mick: *Carol King Collection*. Milwaukee: Hal Leonard Co., 2002.

Sholem, Aleichem. *Tevye's Daughters*. New York: Crown Publishers, 1949.

——. *Adventures of Mottel the Cantor's Son*. New York: Henry Schuman, 1953.

Simon, Paul. *Lyrics 1964-2008*. New York: Simon & Schuster, 2008.

Singer, Isaac Bashevis. *Meshugah*. New York: A Plume Book, 1994.

Strom, Yale. *The Book of Klezmer*. Chicago: A Capella Books, 2002.

Trachtenberg, Joshua. *Jewish Magic and Superstition*. New York: A Temple Book, 1984.

Vinaver,Chemjo ed. *Anthology of Jewish Music*. New York: Edward B. Marks Music Corporation, 1953.

牛山剛『ユダヤ人音楽家——その受難と栄光』ミルトス、一九九一年。

遠藤実『涙の川を渉るとき』日本経済新聞出版社、二〇〇七年。

黒田晴之『クレズマーの文化史』人文書院、二〇一一年。

古賀政男『歌はわが友わが心』日本図書センター、一九九九年。

島津亜矢『島津亜矢大全集』テイチク・エンタテインメント、二〇〇九年。

ジョンソン、ポール．石田友雄監修『ユダヤ人の歴史』上下巻．徳間書店、一九九九年。

『聖書』日本聖書協会、一九五五年。

當間麗『アメリカン・ルーツ・ミュージックとロックンロール』ＤＴＰ出版、二〇一二年。

沼野充義編『ユダヤ学のすべて』新書館、一九九九年。

日野原重明監修『音楽療法入門』上巻・理論編、春秋社、一九九八年。

フェヌロン、ファニア『ファニア歌いなさい』徳岡孝夫訳、文藝春秋、一九八一年。

船村徹『演歌巡礼』講談社、一九八三年。

——『歌は心で歌うもの』日本経済新聞社、二〇〇二年。

真山一郎『真山一郎全曲集』キングレコード、一九九一年。

水野信男『ユダヤ民族音楽史』六興出版、一九八〇年。

――『ユダヤ音楽の旅』ミルトス、二〇〇〇年。
三波春夫『三波春夫／長篇歌謡浪曲集』テイチク・レコード、二〇〇〇年。
村松 剛『ユダヤ人――迫害・放浪・建国』中公新書、一九六三年。

第３章　ユダヤ人と映画産業――新たな開拓の場を求めて

はじめに

谷崎潤一郎の『蓼喰う虫』にも描かれているように、日本では映画が盛んになる以前、大阪で、また淡路島などで農民が演じる人形芝居が、人々に娯楽を提供していた。いっぽう、映画が人気を得る以前、ユダヤの人々を魅了していたのはイディッシュ演劇である。十九世紀末より二十世紀初頭にかけて、ロシア・東欧のユダヤ人は、差別と迫害の歴史を逃れて自由の国アメリカに大量移民し、東欧で発展したイディッシュ文化を、そこでの貧民街に移植した。イディッシュ語の新聞・雑誌が多く発行され、イディッシュ文学が盛んとなり、イディッシュ演劇が流行したのである。

振り返れば、一九〇八年、ニューヨーク全体で一二三の映画館があった時代に、ロシア・東欧ユダヤ移民がひしめき合って暮らすロウアー・イーストサイドでは映画館が四十二軒を数え、イディッシュ劇場のほうは一九一〇年に十三軒も残っていたという。当時のロシア・東欧ユダヤ移民は、テネメントと呼ばれる安アパートに詰め込まれ、先着のドイツ系ユダヤ人が所有する搾取工場（スウェット・ショップ）で酷使され、たとえば、イディッシュ文学で最初にノーベル賞を受けたアイザック・バシェヴィス・シンガーの短編「サム・パルカとデイヴィッド・ヴィシュコーヴァー」（『熱情』所収）にも窺えるように、「俺たちは日々十四時間も働いたのさ。繁忙期には十八時間もだぞ」という、被服産業の過酷な下請けに従事していた。悲惨な状況に呻吟していた移民にとって、せめてもの気晴らしは演劇であり、そこで彼らは労働に疲れた身体をイディッシュ劇場へと運んだのである。

さて、モック・ジョーヤの『日本の万華鏡』によれば、日本ではさらに時代を遡ると、江戸庶民は寄席を愛好しており、その出し物は、講談、歌謡、舞踊、奇術、手品などであった。その後、戦災で多くの寄席小屋が消失したが、人形町の末広亭や上野の鈴本演芸場は損傷を免れ、長く観客を魅了し、多くの点で、江戸文化を維持してきたのである。ただし、映画が盛んになると、寄席の観客が減少していった傾向は否定できない。それをユダヤ人の場合に置き換えてみると、そこでも映像がイディッシュ演劇を衰退に追い込んでいった状況が浮かんでくるのである。

本稿では、ユダヤ人と映画産業に焦点を絞るが、初めてアメリカの映画（『エルサレムの踊り子』）にユダヤ人が登場した一九〇三年以降の映画を眺めてゆく。この後、新たな映像作品が次々と登場して、この分野を豊かにしてゆくのである。「新しくできた映画産業は、ユダヤ人の独創性や適応性に広く道を開いた。そして彼らはプロデューサーであれ、俳優であれ、マネージャーであれ、その部門できわめて重要な存在となったのである」（二五九）と『ユダヤ人の歴史』下巻は述べるが、彼ら移民に新規産業でそうした成功をもたらした要因はなんであったのだろうか。

1　ユダヤ人と映画産業

まず、ダイヤモンド、音楽や、後に述べる化粧品などの場合と同様、ユダヤ人にとって映画は新規産業であった。新たなその分野に彼らが参入し、流浪の歴史において培ったノウハウを発揮したのである。新興産業であったがゆえに、他の領域であったならばユダヤ人の参入への障壁が少なかったし、また、ここでは特別な知識を必要とすることもなかったのでユダヤ人は参入しやすかった。その上、流浪の生活をくぐってきた移民は、新分野でのリスクを恐れなかったのである。

たとえば、移民の中でも、流浪のユダヤ芸人クレズマーは、その芸によってユダヤ人の結婚式や成人式（バル・ミツヴァ）を守り立ててきたが、その活動を通じて彼らは興行のノウハウを熟知していた。いかに興行を企画し、予約を取り、運営するか、といったことである。こうして培った彼らのノウハウを、最初はテントを設置して上映していた映画産業に適用してゆくことは大いに可能であった。

彼ら移民は、五セントを払えば短い無声映画を鑑賞できる「ニッケルオデオン」と呼ばれた簡易施設を建てて営業したが、その数は急速に増えていった。当時、映画はまだ無声であったがゆえに、渡米して間もなく英語をまだ理解できない観客たちでも問題なく楽しめたので、映画は特に人気が出たのである

やがて彼らは、カメラと現像所を整え、必要な技術を習得し、流浪体験で培った豊かな物語性やさまざまな思想を映画製作や配給に投入していった。たとえば、彼らは、彼ら自身と観客の背景が類似していたので、観客の好みがどこにあるのかを鋭くかぎ分けたのである。差別と迫害の歴史を経てきた彼らは、映画スタジオのセットを用いて、彼らの抱いていた夢や憧れを映像に投影した。それは、自由な競争が許され、各自の強みを発揮でき、成功を収めることが可能な「アメリカの夢」であった。とりわけ、それは移民の夢や希望を掻き立てる「ハッピー・エンド」の物語であった。

映画つくりに乗り出したユダヤ系の多くは貧しかったが、起業する際に、すでに成功していたドイツ系ユダヤ人同胞が営むクーン・レーブ商会やゴールドマン・サックスなどに、資金援助を求めることができたのである。ユダヤ人の間でよく知られた相互援助がここでも機能した。

さらに上記の理由に加えて、ユダヤ人が聖書やその注解タルムードやユダヤ教ハシド派の寓話などで育んできた「豊かな物語性」も、ユダヤ人の映画産業を発展させた要因であった。豊かな物語性の一例として、短編「サム・パルカとデイヴィッド・ヴィシュコーヴァー」を再び覗いてみよう。主人公サムは、新旧両世界にまたがって生きる人物であるが、彼も愛人チャナ・バシャ

も大変な読書家である。二人はイディッシュ語で書かれた物語を熱心に読みふけり、二人の間ではそれに関する話題が尽きることがない。また、サムは、口述筆記を通して自らの波乱万丈の人生をなんと「千頁」も書いているが、それでも語りたいことの「百分の一にも満たない」と言う。彼は、旧世界ポーランドより渡米し、搾取工場や行商で苦労した挙句、不動産・建設業に入って新興成金になったが、それでも取り立てて格別な人間ではない。いっぽう、チャナ・バシャは、幼くして母に死なれ、父と渡米し、シナゴーグで堂守を務める父とゲットーの壊れかけた建物に住む。彼女も取り立てて特別な女性とは言えない。強いてあげれば、彼女は大変な読者家であり、出版されたイディッシュ語の本をたいてい通読していると言う。というわけで決して特別ではないこの二人が、驚くべき読書と語りの能力を発揮する姿を見るにつけ、われわれはユダヤ人が概していかに物語性に富んでいるかを容易に想像できるのである。イディッシュ語の物語に加えて、ユダヤ聖書やその注解タルムードに見られる物語性の豊かさ、ハシド派やブラツラフのラビ・ナハマンの寓話の豊かさ、流浪やホロコーストにおける波乱万丈の物語。これらの物語性が、ユダヤ人の映画産業の発展を促してきたと考えられよう。

したがって、雨が少なく映画ロケーションには最適であるハリウッドにおいて、ユダヤ系の演出家、監督、俳優、脚本家、作曲家たちが多彩な才能を発揮し、その黄金時代を築いてゆくのである。

2　映画産業の発展

映画における黒人や女性や少数民族のイメージを研究した文献も出版されているが、それらと比較してユダヤ人の場合は、確かに少数民族であっても、映画製作の手法を多く獲得し、映画産業に携わる人材を幅広く養成し、映像を通して観客の意識向上を目指しているのである。

それでは、『アメリカ映画の中のユダヤ人』や『映画産業とユダヤ資本』を参考にして、映画会社を創設した著名なユダヤ人たちを眺めてみよう。

まず、カール・ラメル（一八六七〜一九三九）は、ドイツに生まれ、大勢の兄弟姉妹とともに少年時代に渡米した。職を転々とした後で一九〇六年にニッケルオデオンを購入し、それをチェーンに育て上げ、さらに映画配給会社を設立し、それが一九一二年、ユニヴァーサル映画会社へと発展してゆく。そして一九一五年、ハリウッド最大のスタジオを作成し、初期にスター制度を導入したプロデューサーとなるのである。

いっぽう、ウィリアム・フォックス（一八七九〜一九五二）は、幼年時代にハンガリーより渡米し、被服産業に従事し、やがて娯楽アーケイドを所有し、それを十五軒の映画館へと育て上げた。一九一二年、映画製作に踏み出し、一九一五年にフォックス社を設立し、大不況で引退するまでこの世界に君臨するのである。

次に、アドルフ・ズカー（一八七三〜一九七六）も、一八八九年、ハンガリーより貧しい移民として渡米した。皮なめし職人より出発し、フィルム販売やニッケルオデオンの営業に移り、一九一三年、映画製作に転じ、ジェシー・ラスキー（一八八〇～一九五八）とともにパラマウント社を設立し、一九三〇年代までその勢力を維持するのである。

さらに、サミュエル・ゴールドウィン（一八八二～一九七四）は、ポーランドのワルシャワに生まれ、十一歳で渡米する。三十年間も優れたプロデューサーとして君臨し、良質の映画を多く世に出す。『虹を掴んだ男』によれば、浮き沈みの激しいハリウッドの世界を長期にわたって生きた彼の生涯において、妻の支えも決して軽視できない。周囲に信頼の置けるスタッフを配置することも大切である。また、家族や親族を大切にして、それより精神的な支えを得る。仕事に関しては、進む方向を確認しながら、テーマを考え、良質の作品を作ってゆく。「質の良いものを少量作るという考えは、生涯を貫く方針となった」。「浮き沈みの激しい中でも彼が前進を続けたのは転生の楽観主義に加えて素晴らしいテーマを持っていたからだ」という。

ルイス・メイヤー（一八八五～一九五七）は、ロシアのミンスクで生まれ、子供時代に渡米する。くず鉄業者として出発し、それから映画配給に移り、右記のサミュエル・ゴールドウィンの会社と合併してMGMを運営し、一九五一年に引退するまで二十七年間にわたって影響力を振るった。

以下は、移民二世代目のユダヤ系プロデューサーである。

ハリー・コーン（一八九一～一九五八）は、ニューヨーク生まれであり、カール・ラメルの秘書を務めたりした後、一九二〇年、兄弟とともに映画会社を設立し、それが一九二四年、コロンビア映画会社となる。彼は、この会社で専制的な権力を維持したという。

次に、ワーナー・ブラザーズの四人兄弟は、一九二三年、ワーナー・ブラザーズ・スタジオを設立し、会社の財務や映画制作を分担し、下層社会を描く映画を数多く世に出した。

そして、ニコラスとヨセフ・シュンクは、二十世紀映画社を設立する。

前述したように、映画は新規産業であり、小売業や被服産業と同様、必ずしも多くの技術や資本を必要としなかった。そこで右記のように次々と参入したユダヤ人映画業者はいったん足がかりを得ると、そこに友人や親戚を多数参加させ、同胞ネットワークを豊かにしてゆくのである。これら映画会社の創設者たちは、正規の教育は乏しかったが、鋭いビジネス感覚を持ち、いかに観客を満足させるかという術を心得ていた。

そして、彼らは、後述するフランスのドレフュス事件の場合にも見られるように、映画を教育の道具として活用する。結局、映画はユダヤ系の人々がアメリカでいかに生きたかを示しているのであるが、そこで、映像文化とともにアメリカのユダヤ人の歴史が浮き彫りになるというわけである。

一般に小説は比較的限られた読者に迎えられるが、映画はさらに大勢の観客に届けられる媒体である。さらに映画の挿入曲がヒットすれば、映画と音楽産業との結びつきが堅固なものとなろう。ちなみに、次章で述べるマックス・ファクターのように、映画産業との関連を活用して化粧品産業を発展させた例も記憶に値する。

3　移民を描く映画

最初にアメリカに移民したユダヤ人は、スペインやトルコなどよりのセファルディ系の人々であり、彼らの多くは商人になった。第二次移民としてドイツ系ユダヤ人が一八二五年より大量移民して、百貨店などの商売で成功し、慈善事業も展開した。そして、第三の波は、一八八〇年より一九二四年にかけて東欧より到来した。彼らは貧しいユダヤ人町（シュテトル）の出身であり、ユダヤ教正統派に属していた。東欧移民たちは、主としてニューヨークのロウアー・イーストサイドの貧民街で暮らし、被服産業や映画産業に参入してゆくのである。奮闘の結果、彼らは次第に貧民街を離れ、社会的に向上してゆくが、その過程で大恐慌とヨーロッパのファシズムの影響を受けることになる。大不況時代のアメリカの反ユダヤ主義は顕著なものであり、ユダヤ系の人々はそれに対抗するために一九一三年、ビナイ・ブリス反誹謗同盟を結成したりもした。

当時の大半の東欧移民の気質や彼らの価値観や目標として、勤勉さ、訛のある英語、アメリカの夢の追求、気骨、教育への熱情、約束の地への憧れ、世代間の葛藤、社会正義の希求、そして真のアメリカ人になろうとする気持ち、などが挙げられようか。

初期の無声映画では、ユダヤ人はしばしば行商人、質屋、商人として登場し、彼らが直面するユダヤの伝統とアメリカの現実との葛藤や彼らの相互援助を表現した。また、そこではアイルランド系を含めた他の少数民族とのかかわりや家族における世代間の葛藤も扱われた。土地もなく、いろいろな障害にも直面していたユダヤ人は、商売の巧みさで生き延び、機転が利かなくてはならなかった。

ロシア・東欧系ユダヤ人が初期に暮らした貧民街の映像は、一九二〇年代に盛んとなる。たとえば、貧民街の温かい家庭が描かれる場合と、熱情をもって移民を描いたアンジア・イージアスカのように貧乏な家庭を描く場合とがあった。それは、正統派のくびきと貧民街の苦境を抜け出そうと苦闘する物語である。ところで、そのテーマには、最初の音声映画『ジャズ・シンガー』（一九二七）も該当するであろう。イージアスカの『飢えた心』や『テネメントのサロメ』も映画化されるが、そこでは安アパート（テネメント）の苦難、親の犠牲、よき生活への夢、成金の困難、若い世代の迷い、異人種間結婚の問題などが浮き彫りにされてゆく。ただし、一九二〇年代には以前よりもユダヤ人の社会的な向上や経済的な成功が強調されている。

さらに、初期には、温かい人間性、苦難を甘受する態度、どん底である以上さらに悪くはならない、したがって良くなるであろうという楽観的な悲観主義、そしてユーモアなどを特質とするイディッシュ文化が映画に導入されてゆく。ユダヤ系市民は、前述のサム・パルカのように、新旧両世界にまたがる二つの文化の間で生きることになる。そして、社会主義に影響された多くのユダヤ系市民は、社会正義を求めて労働運動で貢献するのである。アメリカで自由な公教育を受け、市民権を獲得し、経済的な機会を得ることが、彼らを発展させてゆく。彼らの多くは、旧世界で親しんだ宗教教育を、新世界での世俗教育へと転換させてゆくのである。いっぽう、家族の中では旧世界で幅を利かせた父親の権威が弱体化し、新世界で具体的な日常生活を切り盛りする母親が中心となってゆく。イージアスカの父親のように、旧世界で学者タイプであった男性は、世俗の成功を重視する新世界では立場が弱くなるのである。こうした状況において、いかにアメリカ社会へ同化し、他方いかにユダヤの伝統を維持してゆくかという葛藤が問題となってくるのである。

たとえば、エイブラハム・カーハンが描いたロシア移民デイヴィッド・レヴィンスキー（『デイヴィッド・レヴィンスキーの出世』）は、被服産業で成功して大金持ちになるが、ユダヤの伝統を放棄したことで苦しむ。自らの宗教や生活様式を棄てることは、自己のアイデンティティを放棄することにつながるからである。彼のような人間には、約束の地を見出せず流浪するユダヤ人、犠牲者、アウトサイダーのイメージが付きまとう。いわば、彼の内面で新世界での成功者ホレイショー・アルジャーと旧世界での聖なる愚者、アイザック・バシェヴィス・シンガーの馬鹿者ギンペルが出会うことになるが、両者の調整が取れないのである。彼は過去と現在の間にうまく橋を架けることができない。

レヴィンスキーのような葛藤を経ながらも、それでも多くのユダヤ人は、一九一〇年頃までには貧民街であったロウアー・イーストサイドを離れてゆく。異なる言語や慣習によって苦労した移民一世の奮闘を経て、移民二世による社会的な向上が果たされてゆくのである。ちなみに、娯楽の世界でユダヤ人は歌手や作曲家としても活躍する。

4 音声映画の初期

ハリウッドには、映画産業の実業家だけではなく、俳優ファニー・ブライス、喜劇役者マルクス兄弟、そして脚本家ベン・ヘクトのようなユダヤ人の有能な人材が集まる。そこではイディッシュ語の特徴を用いて、不正確な英語や隠喩の混交によって、そして異なる環境や習慣などが理解できない移民によって、独特のユーモアがかもし出されるのである。そこには、ユダヤ人の歴史を通じて存在する、新しい土地に対する疎外感や部外者意識もにじみ出ている。

前述の『ジャズ・シンガー』は、世界初の音声映画である。当時の有名な歌手であり俳優であったアル・ジョルソン（一八八六～一九五〇）は、ユダヤ世界で伝統的である、ユダヤ教会堂（シナゴーグ）で会衆の朗唱を先導する先唱者の息子でありながら、ブロードウェイでジャズの世界に進もうとして、父親との葛藤に苦しむ。換言すれば、彼は、アメリカへの同化とユダヤの伝統との狭間で苦しむのである。厳しい父親と、心温かい母親が対照的である。父親は、神によって各人の罪悪が裁かれる懺悔の日（ヨム・キプール）に息子を死んだものとみなし、死者への祈りを唱える。いっぽう、家を出た息子は、異邦人の娘（シクサ）に恋をするが、このシクサは、威厳をこめて描かれている。やがて息子は父親の死に直面し、自分のジャズ・シンガーの経歴を犠牲にして、シナゴーグにおいて父親の代わりに、ヨム・キプールの日没前にアラム語で唱えられるコル・ニドレイを歌うのである。しかし、結局、息子は、愛する母親に、自分が好む人生を選ぶことを納得させる。

5　ホロコーストの表象

映画は、フランスでドレフュス事件と同じ年（一八九五）に誕生した。ユダヤ系のドレフュス大尉が海軍の機密を敵国に売ったという嫌疑をかけられ、証拠不十分のまま悪魔島へと送られ、文豪ゾラなどドレフュス擁護派と反ドレフュス派とで国が二分された事件である。フランスでは、ドレフュス事件を生んだ反ユダヤ主義に抵抗する映画が生まれたのである。映画が十分に教育的な成果を得た一例である。日本でも、大佛次郎の『ドレフュス事件』（一九三〇）などの書籍が出版され、大いに関心を呼んだ。

同様のことは、ホロコーストを描く映画にも当てはまることではないか。

ドイツでは一九三四年以降、ユダヤ人の俳優が出演する映画が禁じられ、ナチの台頭やホロコーストを逃れて、ヨーロッパの著名な科学者、音楽家、作家などとともに映画や演劇関係者が渡米した。やがてホロコーストの全貌が明るみになって、ユダヤ人に対する同情が沸き起こり、才能豊かなアメリカのユダヤ人は諸分野で台頭してゆく。彼らは、アメリカ社会への同化を推し進め、都市の貧民街を出て郊外へと移住してゆく。そして、ホロコーストやその後一九四八年のイスラエル誕生の結果、第三世代のユダヤ系アメリカ人の間で彼らのユダヤ性が顕著に目覚めてゆくのである。

チャーリー・チャプリンの『独裁者』（一九四〇）は、コメディであるが、ドイツの反ユダヤ主義とナチスの政策に正面から立ち向かったハリウッド最初の映像である。チャプリンのユダヤ的背景に確たる証拠はないが、だぶだぶのズボン、ちょび髭、杖、破れた靴を履いた浮浪者の姿は、自らの不運を悲哀を持って受け止めるユダヤ人のイメージをかもし出している。それは、夢が唯一の支えであり、霞を食べて生きるように貧しい空気人間（ルフトメンチ）のイメージである。それはまた、ショレム・アレイヘムが創造した牛乳屋テヴィエを連想させよう。残酷な現世にユーモアをもって対応し、精神的な存続やバランス感覚を維持しようとする不運な人間（シュレミール）のようでもある。彼は、ナチスの狂気やその純血主義を笑い、まともさと親切のある世の中を回復したい、という人間性を表わしている。

戦後、ホロコーストのことが明るみに出るにつれて、アメリカ人はその理解しがたき未曾有の出来事に関心を向けてゆく。また、ユダヤ社会も頭を砂にうずめて災難が通過するのを待つのではなく、問題を明るみに出し、その改善を求めようとする。

エリア・カザンの『紳士協定』（一九四七）では、ユダヤ人に扮した主人公が反ユダヤ主義の実体を体験してみようとする。人は皆、差別と戦い、アメリカの価値を擁護する責任があるのだという。反ユダヤ主義は、ユダヤ的な人名によっても引き起こされる場合があるが、たとえ人々に違いがあっても平等に扱われる場合と、同化によって人は皆同じだと説くのとでは異なるのである。そこで、改めてユダヤ人の定義とは何であろうかと問う。こうした流れにおいて、『偏見』（一九四八）のように反ユダヤ主義の根幹を探ろうとする映画も上映される。

ハリウッドは、ホロコーストへの反応は遅かったが、徐々にファシズムやナチスの脅威、その米国への影響を扱い始める。アーウィン・ショーの『若き獅子たち』（一九五八）において、反ユダヤ主義も言及されるが、軍隊は人種の坩堝として描かれ、さまざまな人々が協力して民主主義を擁護するのだと謳う。ここでは、故国（アメリカ）のために戦う積極的なユダヤ人像を掲げている。

スタンリー・クレイマーが監督した『愚者の船』（一九六五）はホロコーストへの道を辿るが、シドニー・ルメット監督の『質屋』（一九六四）はホロコーストの後遺症を描く映像である。『質屋』では、ともに虐げられてきた少数民族であるユダヤ人と黒人との交わりを通して、ホロコースト生存者の心境、悪夢に再現される大虐殺の断片、過去の悲劇と日常との関わり、そして氷のような魂を持った主人公が黒人アシスタントの死を通して再生する過程、に力点が置かれている。

フレデリック・フォーサイスの原作を映画化した『オデッサ・ファイル』（一九七四）は、ドイツが主な舞台であり、最後にはイスラエルに移動する。オデッサとは、ナチスの残党を援助する組織である。ナチスの戦犯を執拗に追及する主人公は、戦後世代のドイツ青年である。すなわち、彼は、ホロコースト生存者の子供たちと同世代である。

ユダヤ系のスティーヴン・スピルバーグ監督による『シンドラーのリスト』（一九九三）では、一九四三年にポーランドの都市クラクフで、愛人を持ち、大酒を飲み、チェーン・スモーカーでもあるシンドラーがドイツ軍将校たちと交わり、ユダヤ人を使って企業を営み、莫大な利益を得ている。クラクフのユダヤ人たちは、ゲットーに強制収容され、悲惨な状況に苦しむが、その中でシンドラーの工場に雇われる人々が出てきて、そこでは戦争を生き延びることができるとうわさされる。やがて、親衛隊やそれに協力するユダヤ警察は、獰猛な犬を使ってゲットー住民の駆り出しを組織的に展開するが、それを目撃したシンドラーはナチス組織への抵抗を決意するのである。強制収容所の所長の残虐非道に対してシンドラーは、自分の工場裏に労働収容所を設置する許可を得て、千名あまりのユダヤ人を保護する。彼らは、「シンドラーのユダヤ人」と呼ばれる。シンドラーはさらに大金を使って工場をチェコスロヴァキアの一地方に移動し、そこへ移籍させるユダヤ人をシンドラーのリストに収めてゆく。

ちなみに、「和製シンドラー」として脚光を浴びた外交官、杉原千畝のユダヤ人救助活動には映画にまつわるエピソードが含まれている。たとえば、杉原のもとに最初のビザ申請者が現れたのは、「一九四〇年春のことだった。ウッチ出身のアルフレート・カッツというユダヤ人だった。ポーランドでは映画会社ＭＧＭで働いていた」（『日本はなぜユダヤ人を迫害しなかったのか』一四二）。また、「杉原のリストには映画監督スティーヴン・スピルバーグの親類であるモルドおよびハイムのシュピールベルク兄弟も載っている」（同上　一四五）と言う。『ライフ・イズ・ビューティフル』（一九九八）、『聖なるうそつき――その名はジェイコブ』（一九九九）、『戦場のピアニスト』（二〇〇二）もホロコーストを描いた映像として記憶されよう。

さて、アイザック・バシェヴィス・シンガーの『メシュガー』（一九九四）のヒロインであり、ホロコーストを生き延びたミリアムは言う、「私の体験をすべてお話しできたら、あなた、創作の必要が無いわよ」（四一）と。シンガーは、ミリアムのように波乱万丈の人生を送った人々に数多く出会い、そのことから汲めども尽きせぬ物語をつむぎだしたのである。これは、シンガーのみに当てはまることではなく、ホロコーストの表象に携わる多くの人々の思いでもあろう。

6　イスラエルを描く

『奇術師』（一九五三）では、ホロコースト生存者がイスラエルにおいて新しい生活を目指す。奇術師の家系で育ったホロコースト生存者は、イスラエルでサブラ（イスラエル生まれ）の女性、兵士、若者に出会う。映像には、集団農場（キブツ）などイスラエルの場面が多い。主人公は、アウトサイダーよりインサイダーに変わり、イスラエルで新しい生活を築くのである。サブラの女性は、銃を持つ新しいユダヤ人のイメージを創出している。

『砂漠の剣』（一九四九）は、イスラエルの防衛に貢献する地下組織メンバーとそれを助けるアメリカ人を描く。

セシル・B・デミル監督の『サムソンとデリラ』(一九四九)や『十戒』(一九五六)、ウィリアム・ワイラー監督の『ベン・ハー』(一九五九)など聖書に関わる映像は、ユダヤ人の存続、イスラエル建国を映し出している。

ダニエル・マン監督の『栄光の丘』(一九六六)は、イスラエルを舞台に、勇敢な戦士、同情的な外部者、イスラエルに同化してゆく外部者を描く。

レオン・ユリスは現代イスラエルに二年間滞在して映画(一九六〇)の原作である『栄光への脱出』(一九五八)を仕上げた。この中で異邦人の女性キティはイスラエルに同化してゆく。そして、自由を求めて戦うユダヤ人の英雄の姿が描かれる。映像は、ユダヤ人が雄々しく戦うイメージを植えつけ、あたかもユダヤ聖書のヨシュア時代を髣髴とさせるような新たなユダヤ人像を創造している。それは、ホロコースト下のワルシャワ・ゲットーで圧倒的な戦力を誇るドイツ軍に決死の戦いを挑んだユダヤ人の英雄的なイメージより発展したものであろう。

おわりに

映像作品を通じてユダヤ人の歴史を眺めてくると、彼らを取り巻く状況、それが流浪(ディアスポラ)であれイスラエルであれ、持続しているものと変容しているものを含むことを印象付けられる。ことにイスラエルを眺めていると、その変容の激しさに胸を打たれてしまうが、そうした激動の中でユダヤ人のアイデンティティはいかに持続され、また変容してゆくのであろうか。また、ユダヤ人の伝統を示す「古い道」は、いかなる紆余曲折を辿ってゆくのであろうか。今後の映像作品や文学作品からも目が離せない。

引用・参考文献

Basten, Fred E. *Max Factor: The Man Who Changed the Faces of the World*. New York: Arcade Publishing, 2008.

Cahan, Abraham. *The Rise of David Levinsky*. New York: Harper & Row, 1917.

Diner, Hasia R. *Lower East Side Memories*. New Jersey: Princeton UP, 2000.

Encyclopedia Judaica. Jerusalem: Keter Publishing House, 1982.

Erens, Patricia. *The Jew in American Cinema*. Bloomington: Indiana UP, 1984.

Forsyth, Frederick. *The Odessa File*. New York: Bantam Books, 1972.

Joya, Mock. *Things Japanese*. Tokyo: Tokyo News Service, 1960.

Junichiro, Tanizaki. Trans. Edward G. Seidensticker. *Some Prefer Nettles*. Tokyo: Charles E. Tuttle, 1955.

Keneally, Thomas. *Schindler's List*. New York: A Touchstone Book, 1982.

Shaw, Irwin. *The Young Lions*. London: Pan Books , 1949.

Singer, Isaac Bashevis. *Gimpel the Fool and Other Stories*. New York: Farrar, Straus & Giroux, 1957.

——. *Passions and Other Stories*. Middlesex: Penguin Books, 1970.

——. *Meshugah*. New York: A Plume Book, 1994.

Steinsaltz, Adin. *The Tales of Rabbi Nachman of Bratslav*. New Jersey: Jason Aronson, 1979.

Yezierska, Anzia. *Salome of the Tenements*. Chicago: Univ. of Illinois Press, 1951.

——. *Hungry Hearts and Other Stories*. London: Virago Press, 1987.

Uris, Leon. *Exodus*. New York: Bantam Books, 1958.

Wallant, Edward Lewis. *The Pawnbroker*. New York: Harcourt Brace Jovanovich, 1961.

大佛次郎『ドレフュス事件』朝日選書、一九七四年。

ジョンソン、ポール『ユダヤ人の歴史』上下巻、石田友雄監修、徳間書店、一九九九年。

『聖書』日本聖書協会、一九五五年。

立山良司編『イスラエルを知るための六十章』明石書店、二〇一二年。

バーグ、A・スコット『虹を掴んだ男——サミュエル・ゴールドウィン』吉田利子訳、文藝春秋、一九九〇年。

広瀬佳司、佐川和茂、大場昌子編『笑いとユーモアのユダヤ文学』南雲堂、二〇一二年。

福井次郎『映画産業とユダヤ資本』早稲田出版、二〇〇三年。

マウル、ハインツ『日本はなぜユダヤ人を迫害しなかったのか』黒川剛訳、芙蓉書房出版、二〇〇四年。

第４章　ユダヤ人と化粧品産業――美と独自性を求めて

はじめに

美容とは、特に女性に関心の高い領域であると言えようが、それは化粧のみに関わる事柄ではなく、体内に取り入れる飲食物や、気持ちの持ち方にも大いに関連するものである。

もちろん、化粧に依存しない自然のままでの美しさは貴重である。新鮮な空気を吸い、健康な食べ物を摂取し、きちんと睡眠をとり、快活に仕事を行ない、運動する。引き締まった肉体、張り切ったきれいな目、清潔な皮膚は、それだけで魅力的ではないか。

いっぽう、化粧は効果的に用いれば、人の魅力を一段と高めるものになろうが、それが不適切な場合には返って逆効果となる。

一昔前、男性はもとより、女性にも、美容やメイキャップという概念は、一般に存在していなかったという。顔におしろいや紅を塗ることは、舞台に立つ役者か、暗闇を徘徊する売春婦の類に限ると見なされていた。ということは、美容は、白眼視されていたことになろうか。

そうした時代を経て、化粧品産業において、マックス・ファクター（一八七七～一九三八）、ヘレナ・ルビンシュタイン（一八七〇～一九六五）、エスティ・ローダー（一九〇六～二〇〇四）など、東欧ユダヤ系の人々が先駆的な事業を開拓し、その結果、美容が一般に広まっていったのである。しばしば指摘されるように、ユダヤ人は、諸分野において、伝統的に彼らのものではない、あるいは彼らに禁止されていた領域に入り、そこですぐに活動の中心となっていったが、その特質は化粧品産業においても発揮されたのである。

本稿では、化粧品産業で活躍したユダヤ系の人々の足跡を辿り、その経営方針を探り、彼らが事業を通して何を求めていたのか、を問う。

1　人物像

アメリカで高級化粧品メーカーを作り成功させたマックス・ファクター、ヘレナ・ルビンシュタイン、エスティ・ローダーの顕著な特質とはなんであったのか。

まず、マックス・ファクターは、化粧品産業における開拓と革新の役割を果たした。ロシアでの貧困状態より身を起こし、化粧品業界における偉大なパイオニアとなり、自らアメリカの夢を具現化したのである。移民であったためにひどい訛りの英語を話したが、彼の造語である「メイキャップ」だけはきちんと発音したという。先に述べたとおり、彼が登場する以前には、メイキャップは舞台俳優か売春婦に限られると思われていた。つまり、舞台俳優や売春婦を除いてメイキャップがタブー視されていた時代に、マックス・ファクターは一般の美的概念を変革したのである。

いっぽう、ポーランドで貧しい家庭の八人姉妹の長女として生まれたヘレナ・ルビンシュタインは、一代で化粧品王国を築き上げた。まず、オーストラリアで小さな美容室を開業し、顧客の肌に合わせたクリームを開発したが、それが爆発的に売れた。ロンドンにも店を出し、それがまた大当たりして、店舗数を増やしてゆき、ヨーロッパの主要都市に次々と出店していった。さらに、全米の主要都市にも店を広げていったのである。自らの名を商品名として冠した一千種以上の化粧品を開発し、女性を営業担当者として個別に訪問させるダイレクト・セールを開始し、化粧品を上流階級のみでなく、中産階級の婦人にも容易に求められるようにしたのである。大恐慌の際には会社の株を手放したが、それをまた暴落後の安値で買い戻し、莫大な利益を上げた。ルビンシュタインは一メートル四十七センチの小柄な身体ながら、化粧品業界における巨人であった。

そして、エスティ・ローダーは、子供時代から他人の顔や髪を美しくしたいという強い願望を抱いていた。「不細工な女性などおりません、不注意な女性がいるだけよ」と彼女は言う。美を愛し、美を求めるその執念が、彼女に化粧品業界での成功をもたらしたのである。彼女は「妥協は私たちの辞書には存在しないわ」と言う完璧主義者であり、「準備態勢のできた心に機会が訪れるものよ」と高い理想を追求するその姿は魅力的であり、それは周囲に大きな刺激をもたらした。彼女は、こじんまりと暮らす女性ではなく、大きな枠組みの中で、最上の物を選んで楽しむことを常としたのである。

さて、ユダヤ古代法は、女性の権利を守るということでは、どの民族の古代法よりも近代法に近いと言われるが、そうした歴史も関連しているのであろうか、女性を主たる顧客とする宝石、ファッション、化粧品などの産業において、多くのユダヤ商人が活躍しているのである。ところで、日本においてユダヤ商法を展開したのは藤田田であるが、彼はその著書において言う、「女と口を狙え」と。すなわち、彼は、日本マクドナルド、玩具の日本トイザらス、ビデオ・レンタルチェーンのブロックバスターの経営において、言葉どおりその商法を遺憾なく実践したのである。

2 マックス・ファクターと映画産業

それでは、ファクター、ルビンシュタイン、ローダーの経営の特色として何を指摘できるのであろうか。

迫害や流浪など人生で何回も危機を潜り抜けたファクターに関しては、映画産業との関わりが特記に値しよう。彼は、わずか五セントで楽しめる映画館（ニッケルオデオン）の話を聞いて、将来の仕事は映画人のメイキャップにしようと思う。

そこで、一九〇八年、鉄道が通じて映画産業が盛んとなるロサンジェルスに引越し、毛髪用品、メイキャップ用品の店を興す。映画産業では、崩れることのない、自然に見えるメイキャップが求められるが、ファクターは、店に実験室を作って夜遅くまで映画俳優に適したメイキャップを試作する。やがてファクターは、実験室での長い試みの後で一九一四年、映画人のために薄く柔らかな十二色のクリームを作り出す。最初はチャプリンなどコメディアンに使用されるが、やがてカウボーイを演じる俳優たちもそのクリームを愛用しだしたことで名声を得るようになり、ファクターは仕事の進展に伴ってロサンジェルスの中心部に店を移す。さらに同年、彼の作った本物らしい鬘（かつら）が映画の成功に貢献することも確認される。

映画産業の発展とともにファクターは有名俳優たちのメイキャップを担当し、付けまつげ、光沢のある口紅、ファウンデーション、アイシャドーなどを作り出す。メイキャップ熱が盛り上がり、「現代メイキャップの父」として、ファクターは、化粧品産業の一大帝国を築き、巨万の富を蓄積する。そして一九二八年に映画アカデミーより表彰されるが、それは彼の人生でもっとも幸福な時期であった。その後商売はさらに拡大し、全ての事業部門をハリウッドに集結させる必要が生じてくる。

ファクターは、一九三五年、世界最高級の化粧品実験室を完備した新たな建物の完成を、盛大に祝う。その建物からはまばゆい照明が夜空を照らし、有名俳優や監督らが到着し、雑誌『タイム』もこれを報道し、この祝いに関するニュース映画もパラマウントなどで作成される。ファクターの、感激のあまり挨拶のスピーチをすることができない姿が記録されている。

ファクターは、鬘の製作や髪のセットには初期より強い愛着を抱いていたが、ついにはヨーロッパやアジアの辺鄙な村にまで出かけて髪の毛を購入するのである。こうして収集した髪は用途別に分類され、その量はアメリカ最大のものになるが、（おそらくロシアでの貧しかった生活の影響によるのであろうか）髪やピンを無駄の無いように使用し、鬘を製作してゆく。

一九三二年頃までにはディズニーがアニメ作品でカラー映画製作に入るが、その後、メイキャップがカラー映画には不向きであるとして、多くのスターが出演を断るようになる。すると、ファクターが自動車事故で入院している間に、息子フランクが天然色映画に適したメイキャップを工夫する。それは、メイキャップに要する時間を短縮し、それまでの化粧品より長持ちし、天然色映画の中で自然に写り、それまでカラー映画が抱えていた問題を解決した。新たにパンケーキと命名されたそのメイキャップは大ヒットし、そのメイキャップを活用した映画は成功し、その後、一般に売り出されると、それは歴史的な大成功を収める。

世界大不況の中でもつかの間の現実逃避を求める人々に支えられて、映画産業は生き延びてゆくが、ファクターは恵まれない人々に慈善を施しながら、映画館のロビーで化粧品の販売を行なう。有名女優たちが、出演映画の宣伝と引き換えに、化粧品を広めることに寄与してくれる。ここでファクターの競争相手となるのは、ポーランド生まれのヘレナ・ルビンシュタインである。

一九五〇年、ファクターの企業は世界に向けて進出し、百以上の国でメイキャップ戦略を拡大し、白黒やカラー・テレビに対応する化粧品を作り出し、全国的な美人コンテストを開催する。

一九八四年、ファクターの建物の将来が取りざたされる中で、ロサンジェルスに夏季オリンピック熱が到来する。そこでファクターの記念博物館を建設することになり、それは一九八四年に完成して、ハリウッドの名所となる。マックス・ファクターは、一九九一年、プロクター＆ギャンブルに買収され、会社はシンシナティに移転するが、博物館は残る。が、やがて博物館自体も閉鎖される話が出ると、多くの人々が反対運動を起こす。ファクターの建物は結局、一九九六年に不動産業者に売却されるが、その昔の面影を再現しようとする動きが出る。そこで二〇〇三年にハリウッドのエンターテインメント博物館が開設すると、有名な映画の場面も再現され、博物館の主要フロアは、マックス・ファクターの展示に当てられるようになる。ファクターの孫たちが伝統を受け継いでおり、会社は、二〇〇九年に創立百周年を迎えている。ファクターは、ロシアより一九〇四年に渡米し、化粧品産業を開拓し、数々の新商品を作成し、それによって世界の顔を変容させたのである。

3　ヘレナ・ルビンシュタインと存続の追及

さて、当時十八歳であったルビンシュタインは医学生との恋に破れ、母の化粧クリームを含めた荷物をトランクに詰めてオーストラリアに旅立つが、それから五十年後には世界中に支店を持つ化粧品産業を展開し、著名人となるのである。小柄ながら敏捷で、ロシア訛りの英語を話すルビンシュタインは、鉢植えの木々が茂り、たくさんの絵画が飾られた高層建築のペントハウスに大勢の顧客を招いている。八十歳に近づいても、その活力、集中力、そして独特の話しぶりによって、年齢よりもずっと若く見えたという。

彼女は、（ファクターの倹約に似て）電気や紙などを節約することに熱心であるが、諸外国に支店を持つことに加えて、世界の各所に屋敷や別荘を所有し、その上、ニューヨークのマンションは三層で構成され、そこには三十を超える部屋がある。世界中の女性の顔を変えたパイオニアとして、彼女は自らが選んだ領域においては常に先頭を切っていることを目指すのである。

彼女は、将来顧客になりそうな人々を大切にする。宣伝のためにマスメディアのスタッフと仲良くなり、たとえば、ミラノの雑誌記者のインタビューを受けた際には、彼女に指輪を贈って、宣伝を依頼している。

老いても現役で世界を駆け回る彼女は、たくさんの宝石や多くの荷物を抱えて飛行機に乗る。旅行中は、かつてパリで猛烈に働いた上に、社交界でも活躍したことなどを回顧するが、そのパリにも豪華な屋敷を持ち、そこには温室があり、アフリカ美術が蒐集されており、パリの名所を一望できる屋上庭園の広さは、三百名の客を収容できるほどであるという。

しかしまた彼女は、こうした驚くべき発展のいっぽうで、従業員をすぐに解雇し、専制的で魔女的であり、その家族も同様にひどい人々であると、ユダヤ人同胞にさえ批判されていたらしい。

確かに、ルビンシュタインは家庭生活においては苦労したようである。比較すると、ファクターは、最初の妻を亡くし、二番目の妻とは不和になったが、三番目の妻とは終生をともにし、その子供たちもそれぞれが化粧品産業に尽くしている。のちに述べるように、ローダーの場合は、仕事に打ち込む彼女と夫との間にひと時は別居状態があったが、それを乗り越え、子供たちも両親の仕事に協力的である。ルビンシュタインの場合は、最初の夫はジョイス、ヘミングウェイ、ロレンスなどの文学作品を出版したりする資質を持った人物であったが、彼との間には愛の紆余曲折があった。その夫と別れた後、ルビンシュタインは病に倒れ、スイスで食事療法を受けている。そして二番目の夫とも「パリの屋敷の夫婦のベッドは非常に離れていた」というように、いろいろと問題を抱えていたらしい。ルビンシュタインは、二番目の夫が心臓麻痺で急死したとき、その遺産の相続人となるが、その葬儀には出席せず、弔電をすぐに送ることさえためらっている。夫の死の事実をできるだけ避けることが、彼女が自ら選んだ存続するための秘訣であったのかもしれない。こうした夫婦の下に生まれた息子ホレスは、母親にかまってもらえず、賭博師のような生活を送り、芸術に向かうかと思えば、フランスの田舎で香料の農園を運営しようとするなど、はかない夢を追いかけることに人生を浪費している。ある時期など、ルビンシュタインはそのホレスに「金の亡者だ！」と非難されて衝撃を受け、しばらくふさぎこんでいたということである。やがてホレスは孤独な死を遂げ、さらにルビンシュタインの妹ステラもいろいろと問題を起こしている。

やがてルビンシュタインは、八十六歳になっても変化を求めて長期の世界旅行に出かけ、日本やイスラエルにも工場を建てている。イスラエルには何回か訪れ、当時のワイツマン大統領、ベン・グリオン首相、ゴルダ・メイヤ外相などと会見している。海外への旅行は、その後も看護婦を伴って、彼女の死に至るまで続けられた。そうした旅行は彼女の存続を助けたことであろうが、常に自己中心的であった彼女の気分に合わせて動かねばならない添乗員は大変であったことだろう。

そのような彼女もやがて体力や気力の衰えを口にし始め、ついに九十四歳でこの世を去った。その際には、『ニューヨーク・タイムズ』をはじめ大新聞が第一面で報道し、弔問には六千人もの人々が訪れたという。彼女の残した莫大な遺産は、三大陸に散らばった不動産や蒐集した美術品や宝石類や膨大な量の化粧品である。それでも彼女は、遺書のなかで後に残る人々の仕事や生活を考慮して、遺産を分配している。ルビンシュタインはおよそ七十年間、巨大な化粧品産業を統括し、それに関連する百貨店、薬剤店、ファッション、広告、新聞、雑誌、テレビなどの領域も活性化させた。ちなみに、イディッシュ語作家として最初にノーベル文学賞を受賞したアイザック・バシェヴィス・シンガーの『悔悟者』（一九八三）において、ルビンシュタインは化粧品産業の代名詞のように言及されているが、彼女の死後、問題の多い親族はそれをうまく引き継いだのであろうか。

４　エスティ・ローダーと理想の探求

先の二人より若干時代が下るローダーは、ニューヨークのクウィーンズで生まれた。母はハンガリー系の美人であり、離婚や再婚を体験したが、若さや輝きを維持するために、外出時には必ず日傘を携行し、八十八歳でこの世を去るまでしなやかな肌を維持したという。いっぽう、ローダーは父より高い理想を追求する姿勢を学んだ。

彼女は化粧品業界で成功を求めてしゃにむに前進してゆく過程で、静かな生活を求める夫との間に溝を作ってしまうが、紆余曲折を経て夫と再び一緒に暮らすようになる。その後は、夫とともに化粧品産業に従事し、精神的な支えや経済上の均衡を獲得し、二番目の息子ロナルドにも恵まれる。

いっぽう、ビジネスを成功させるためには絶えず気を配り、眠れない夜や悩む日々を過ごさねばならない。ローダーはテレビなどのない時代に、女性たちの口コミによって製品を宣伝するが、女性たちが製品を顧客に試させ購入させるその手法は、その後、百貨店などで幅広く取り入れられてゆく。たとえ世の中は不況であっても、女性が存在する限り、化粧品産業には仕事がある。女性たちが美しくなり、その美を保つよう伝えることが、ローダーのミッションである。

ローダーは、米国諸州の百貨店で店開きをし、方々に店のカウンターを開くに当たって基本路線を敷く。すなわち、必ず新店舗の準備に立会い、新たな顧客を確保するために美しく印象深く自信に満ちた販売担当者を配置する。魅力的なカウンターを整備し、無料の見本をふんだんに提供する。さらに宣伝の葉書を方々に送り、それを見本との引き換え券とする。

彼女によれば、ビジネスは多くの時間を費やし真剣に向き合うものであり、それは愛の行為であるという。疲れたときでも、希望をなくしたときでも、執着する姿勢が成功をもたらす。必死に企画に従事していると、精神のアンテナが張られ、それに関連する情報を見聞できるものである。また、開店する百貨店のほかの衣装売り場の人々にも礼を尽くし、宣伝に一役買ってもらう。各地の新聞や雑誌の化粧品記事の編集者とも友好関係を築く。成功を望むのであれば、自己の持つ最上のものを活用せよ、とローダーは説く。夫は工場と製品作成を担当し、ローダーは販売を扱う。顧客との一対一の接触によって、ひいきを増やしてゆく。よその地域からやってくる購入者を家庭的な雰囲気でもてなし、口紅や香料を贈る商法も有効である。贈り物に対しては、いつか見返りが期待できようと思う。

ローダーは、「若者は朝の胎から出る露のように」と述べる「詩篇」（一一〇章三節）より命名したのであろうか、「ユース・デュー」と名づけられた香料を、伝統的に香料に対して消極的であったアメリカの女性に推薦し、愛用者を増やしてゆく。香料は、女性のキャリアを助け、夫婦の愛を促進すると信じている。

海外へと新たな開拓を図る際には、ロンドンのハロッズや、シャネルを誇るフランスや、オーストリアやカナダや日本などを含めて、七十五の国に市場を開拓してゆく。

レーガン大統領夫人、ウィンザー公夫人、チャールズ皇太子夫妻とも交わり、顧客が自分らしさを引き立たせる化粧のイメージを売る。個性を映す顔が一番美しく、さらに輝きを与えるために化粧がある、というのがローダーの考えである。彼女は、独自性を求めて、自分の仕事を愛し、自分の製品を尊敬するのである。

ローダーの経営哲学の主なものは以下のとおりである。人目を引く百貨店の入り口の右手にカウンターを備える。怒りを書面の形に表さないで、話し合いで解決する。最上のものを販売するというイメージを崩さず、競争を通して、他人よりも優れた製品を生み出す。責任を分担するが、最終的には統括する。鍛え上げた自分の本能を信じ、執拗さとたくましさをもって成功を目指す。最上のスタッフを雇用し、社員に対する気配りを怠らず、販売員を訓練する。

彼女は夢に生き、人生を楽しむ。不自然な抑制は人生を壊すものであるという。南フランス、ロンドン、フロリダなどに我が家を構え、異なる環境に我が身を浸して、創造力を養う。興味深い人々と交わることは、楽しく刺激になる。ローダーは異なる場所や雰囲気や人々の最上の要素を広範囲に楽しむ。

5　家族経営

ユダヤ企業の中には、たとえば第一章で取り上げたダイヤモンド産業も同様であるが、家族・

親族が事業に多く携わる家族経営の形式が顕著である。これには利点と弱点の両方が考えられよう。たとえば、差別や迫害の歴史を生きてきたユダヤ人にとって、頼りになるのはやはり家族や親族であり、彼らの固い絆の基に事業で大切な知識や技術を代々譲り渡してゆくという利点が考えられる。いっぽう、ユダヤ系の経営学者ピーター・ドラッカーの著作によれば、経営陣に外部より「他人の血」を導入し、家族や親族のみによる運営の弱点を補い、企業を活性化させよ、とする意見もある。

ファクターは、貧しい境遇より人生を歩み、選んだ分野で花形になり、私利私欲がうごめく化粧品業界においても、家族や従業員に対して誠実な態度を貫いた。それは、化粧をハリウッドの映画スターより始めて、世界の女性にも広めようとした夢が達成され、充実した成果を生んだ生涯であったといえよう。まさに「あなたは何によって記憶されたいか？」という前述のドラッカーの問いに明確に答えた一生であった。

ファクター亡き後、それまで化粧品産業の全領域でともに働いてきた息子たちがその仕事を受け継ぎ発展させてゆく。販売部門や国際マーケットを拡充させたデイヴィス、国際マーケットを日本やラテン・アメリカにまで広げたシドニー、生産部門を担当したルイス、実験室でファクターと働き、幾多のヒット商品を生み出したフランク。そして結局、ファクターの残された家族の中からフランクが後継者に選ばれるのである。フランクのヒット商品を創造する手腕や、香水をかぎ分ける嗅覚はすばらしいものであったという。

このように家族を鍛えていたファクターの経営手腕はさすがであり、彼亡き後も家族経営は無事に継続される。

ルビンシュタインは、職場では「マダム」と呼ばれ、職場外では「プリンセス」であった。夫は、香料専門であったが、最初の夫の長男ロイは、理事会の会長であり、次男ホレスはすでに述べたような行動を展開し、マラは姪であり、その兄オスカーは副社長である。そのほかの親族も会社に所属している。ただ、ルビンシュタインは、「家族や親族をいろいろな役職につけてあげたのに、恩義を感じてもらえない」と嘆いている。先にも紹介したとおり、ファクター、ローダーを含む三人の中では、ルビンシュタインが家族経営に関しては最も苦労したのかもしれない。

いっぽう、ローダーは、仕事と家庭を両方とも大切にし、その両立に力を尽くしている。この点は、不幸な家庭生活を送ったルビンシュタインとは対照的である。息子のレオナルドやロナルド、そしてその妻たちも化粧品産業で尽力し、職場の雰囲気も家庭的であり、そこでは働く者の趣味がよく反映されている。ロナルドは、企業経営を犯罪撲滅に応用した本を執筆しており、レオナルドは、無駄な支出を極力抑えることに手腕を発揮している。ローダーは、売り場より本部へ提案や不満や批評などが届く体制を築いているが、常に誰か気遣う人がいれば、家族経営は成功の確率が高くなるのであろう。

6 『地に満つる愛』

ところで、筆者の中学生時代、農業雑誌『家の光』が家に配達されていたが、そこで読んだ小説『地に満つる愛』には、深い感銘を受けた。半世紀を経た今日でも内容を鮮明に記憶しているほどである。そこでは、ルビンシュタインやローダーが挙げている「美と健康」との関わりについて、化粧の美と自然の美とが対照的に描かれていたように思う。

作品舞台は、離れ小島である。そこで農業研修所を出た主人公の昇平は同僚の雪江とともに、作物の乏しい島で陸稲を栽培しようと奮闘する。しかし、雨に恵まれず、島の実力者である船頭勝にそそのかされた農民たちの抵抗にも苦しむが、ついに苦難の果てに台風が待望の雨をもたらし、たまたま小船で島に戻る途中の昇平は、「これで死んでも本望だ」と思う。そして、辛うじて帰還した彼は、彼の身を案じて嵐のなかを出迎えてくれた雪江と結ばれてゆくのである。

いっぽう、その間、以前に彼の恋人であった千鶴は、都会に憧れ、キャバレーのマダムに出世し、グラビアより抜け出たような美人となるが、千鶴はやはり島を出た船頭勝の息子やその仲間の暴力にさらされ、警察に訴える。島へ逃げ帰った船頭勝の息子は結局逮捕され、「馬鹿めがのう、やっぱり船頭勝のせがれじゃわ」、「おらたちも船頭勝にそそのかされて、昇平さんにはすまんことをしたわいのお」と反省する農民たちは、拍手を持って昇平と雪江の門出を祝うのである。

懐かしい本作品を入手できないかとアマゾンなどを検索したが、残念ながら古本すら入手困難であるという。筆者にとっては、化粧を施した千鶴の美しさと、終始理解をもって昇平を支える雪江の自然の美しさとの対照が、本作品の長い生命力であると思える。

おわりに

化粧品産業におけるユダヤ系の人々の美容と心身の健康に関する考えを発展させた形で、日本のメイ牛山は、美容の世界でルビンシュタインやローダーにも匹敵する七十余年の仕事を展開している。その独特な語りを活かした文体によって九十三歳においても出版を継続していた。

彼女の美容に関する考えは以下のとおりである。きれいでいるためには、健康が大切であり、健康であるためには食事が大切であり、また、簡単にくじけない、いつも明るい気持ちでいられるよう気持ちのあり方も大切である。たった一度の人生、楽しく生きなければ損ではないか、と。これは死語の世界に期待をするのではなく現世を大切にする、ユダヤ人の思想を連想させる。

美人の基準はそれぞれ異なるので、要は人によい印象を与えることが大切である。誰でもその人らしいものがどこかにあるはずであるから、その人の強みや独自性を生かすこと。これは個人の強みを発揮し、自律した人間を教育しようというドラッカーの思想にも通じている。そこで、いかに立派に見せるよう演出するか。名もない植木でも面白い手入れをしていれば注目を集め、有名になる。そうやって自分の価値観を出すことが、おしゃれであるとメイ牛山は言う。

さらに、人は自然という舞台で働く役者であり、そこで人だけではなく、動植物にも感謝しながら、いつも何かに挑戦し、前向きに生きていれば、長生きするであろう。「心に楽しみがあれば顔色も喜ばしい」（「箴言」十五章十三節）と。すなわち、考えることが楽しい方向にゆくならば、物事はどんどん解決し、仕事も円滑になってゆく。日本は、頭脳で国を発展させなければ、立ち行かなくなるので、ドラッカーの説く生涯学習はますます発展してゆかねばならない。

最後に、メイ牛山が「ユダヤ人の男の人は、ものすごく女の人を、奥さんをきれいにするという」（一六二）と特に指摘していることは注目に値しよう。

引用・参考文献

Basten, Fred E. *Max Factor: The Man Who Changed the Faces of the World*. New York: Arcade Publishing, 2008.

Drucker, F. Peter. *The Essential Drucker*. New York: Harper, 2001.

——. *Management*. Revised Edition. New York: Collins Business, 2008.

Holy Bible: The New King James Version. Nashville: Thomas Nelson Publishers, 1979.

Lauder, Estee. *Estee: A Success Story*. New York: Random House, 1985.

O'Higgins, Patrick. *Helena Rubinstein*. London: Weidenfeld and Nicolson, 1971.

Singer, Isaac Bashevis. *The Penitent*. New York: Farrar, Straus & Giroux, 1983.

藤田田『ユダヤの商法――世界経済を動かす』ＫＫベストセラーズ、一九七二年。

――『起業戦争の極意――ユダヤの商法』ＫＫベストセラーズ、一九九一年。

スタンンレー、トマス・Ｊ／ダンコ、ウィリアム・Ｄ『となりの億万長者』斎藤聖美訳、早川書房、一九九七年。

『聖書』日本聖書教会、一九五五年。

トケイヤー、マーヴィン『ユダヤ商法』加瀬英明訳、日本経営合理化協会出版局、二〇〇〇年。

富澤修身『ファッション産業論――衣服ファッションの消費文化と産業システム』創風社、二〇〇三年。

牛山、メイ『メイ牛山のきれいで長生き――四季のビューティ・レッスン18講座』エイチアンドアイ、二〇〇四年。

第5章　ロウアー・イーストサイドを訪ねて

はじめに

第二次大戦中のヒトラー、ナチスによるホロコーストによって、ヨーロッパ諸国に散らばっていたユダヤ人町（シュテトル）は崩壊してしまった。実際、その悲惨な出来事は、『ホロコースト百科事典』にもつぶさに記録され、後世の人々によって記憶されようとしている。破壊の結果、かつてのユダヤ移民・難民やその子孫にとって、旧世界のルーツは物理的に失われてしまったが、それに代わるものとして、マンハッタンに位置するロウアー・イーストサイドが、移民してアメリカ市民となったユダヤ系アメリカ人にとって「聖地」と見なされているという（『ロウアー・イーストサイドの思い出』二〇〇〇）。すなわち、ユダヤ移民にとって「約束の地」であったアメリカにおける聖地が、ニューヨークのロウアー・イーストサイドというわけである。

そこでは、東欧ユダヤ移民が大量に流入した十九世紀末より二十世紀初頭にかけて新聞、音楽、演劇などのユダヤ文化が花開き、また、被服産業、不動産・建設業などのユダヤ商法が活性化した。ロウアー・イーストサイドでは、確かに多くの人々がひしめき合い、混雑した汚濁の状況があったにせよ、ポーランド、ロシア、ハンガリーなど、旧世界の差別や迫害を逃れ、アメリカで新しい生活を目指した移民たちの抱いた希望やハングリー精神が渦巻いていたのである。訛りのひどい英語、そして大部分はイディッシュ語が飛び交い、洗濯物が翻り、焼き栗、漬物、ひよこ豆などの匂いが漂う中で、ユダヤ系移民たちは、強烈な熱情に包まれて生きていたのだ。

多くの汗と涙の結果、ユダヤ系アメリカ人たちは、他の移民集団よりも早いスピードで社会の周縁より中心へと移動することに成功し、今日、彼らの大部分は、喧騒の都市を離れ、快適な郊外生活を送っているが、彼らにとってロウアー・イーストサイドは、生活に苦闘した時代のルーツを思い起こさせ、希望やハングリー精神を甦らせ、辿ってきた道のりを想起させる場所となっている。そのような意味で、ロウアー・イーストサイドは「聖地」なのである。彼らがいわゆる真のアメリカへの参入を許されるまで暮らした中間地帯が、ロウアー・イーストサイドであったが、あたかもそれはユダヤ聖書における砂漠の放浪時代のように厳しい生活でありながら、そこでは人生における物事が強烈に感じ取られ、豊かなユダヤ文化が息づいていた。

一般に人は、自己の根源を執拗に求め、それより滋養を摂取してこそ、更なる成長を求められるのではないか。したがって、ユダヤ系アメリカ人が更なる発展を目指そうとするとき、旧世界に続いて彼らの精神的なルーツとなったロウアー・イーストサイドに注目すべき意味は大きい。また、今日われわれがユダヤ系文学とビジネスを諸分野において検討するに当たっても、ロウアー・イーストサイドは重要な鍵を握っていると言えよう。

ちなみに、ユダヤ人にとってのロウアー・イーストサイドの意義は、われわれ日本人が江戸時代や明治維新や戦後を振り返り、それによって現在の生活を見直し、将来への道を探ろうとする態度と響き合うかもしれない。それでは、本稿において、ロウアー・イーストサイドに至ったユダヤ移民の潮流や、彼らの貧民街での生活を描く文献や、そこでの注目すべき施設などを辿り、この地域と歴史を探ってみたい。

1　移民の潮流

まず、十九世紀末においてロウアー・イーストサイドへと至る移民の流れを眺めてみよう。

ニューヨークのキャッスル・ガーデンは移民受け入れ所として一八五五年に創設され、三十五年間機能したが、それを引き継いだエリス島は、一八九二年から一九五四年にかけて、新生活を求めた移民たちの主たる入国手続きの場所となった。およそ千二百万の移民が、エリス島を通過したという（『エリス島』六）。

移民たちは入国する際、しばしば不当に扱われ、所持金や持ち物を巻き上げられたという。エリス島の職員の間には腐敗がはびこっており、移民たちは換金する際にだまされ、食事や電報料金などをごまかされた。

そうした状況を緩和すべく、一九〇二年に創設されたユダヤ移民援助協会（ＨＩＡＳ）は、二十四時間体制で新来移民の生活を援助した。また、この協会は、「新鮮な食物がすぐになくなり、ジャガイモ、ニシン、不潔な水を与えられた」（『ロウアー・イーストサイド・ツアー』三四）ような「移民船の三等船室の環境改善を訴え、新来移民の就職を斡旋し、信頼できる移民情報を集めて提供した。それは、一九一四年までに全国的な連携と、全世界に支部を持つ組織へと成長し、米国政府の移民削減傾向にも抵抗してゆくのである」（『父祖たちの世界』四七～四九）。

しかし、そのいっぽうで、移民数の抑制をもくろむ法律が、米国議会で次々に論じられていった。「一八八二年、犯罪人、狂人、社会の厄介者の移民を禁じる法、一八九一年、伝染病患者の入国禁止を含む包括的な移民法、一九〇三年、アナキストや売春婦の入国禁止を含む移民法が制定され、その後、一九二〇年代以降に移民の受入数を制限する法律が議会を通過したのである」（『エリス島』五四）。

2　ロウアー・イーストサイドを描く作品

紆余曲折を経て入国を果たした移民が暮らすロウアー・イーストサイドの生活より多くの創作が生まれたが、子供の本、恋愛小説（『レアの旅路』）、映画（『ジャズ・シンガー』）、歌（ミッキー・カッツ）、テレビ番組（『ザ・シンプソンズ』）などの大衆文化は、ロウアー・イーストサイドを周縁より前面に押し出す役割を果たした。まず子供の本を眺めてみよう。

かつてロウアー・イーストサイドには大小のユダヤ教会堂（シナゴーグ）が散在しており、貧しい人々は安アパート（テネメント）の一室に設けられた小さなシナゴーグにさえ通ったという。その中でエルドリッジ通りのシナゴーグは、東欧移民によって一八八七年、ロウアー・イーストサイドに建設された最初のシナゴーグであり、補修されて現在でも残っている。それは、すでに何回か言及した映画『ジャズ・シンガー』において父親と息子の葛藤の舞台ともなった。

そのシナゴーグにちなんだ、エルザ・ラエルによる子供の本『おじいちゃん、エルドリッジ通りで踊る』（一九九七）は、ユダヤ教正統派の厳格な祖父とその孫娘との交わりを描いている。ユダヤ人は聖書を各人が読むのみならず、それをシナゴーグで共に読む習慣があるが、折りしも一年をサイクルとしたモーセ五書（トーラー）の読了を祝うシムハット・トーラーの時期に、孫娘のゼーシーがおじいちゃんとエルドリッジ通りのシナゴーグを訪れることになる。シナゴーグ内部では、ステンドグラスが美しく輝き、子供たちがのびのびと駆け回っている。やがて、トーラーの巻物を抱えて全員が祝いの踊りに興じるが、なんと謹厳なおじいちゃんでさえ踊りに参加しているではないか。こうした折に、ゼーシーは、モーセ五書の意味を問いかけ、おじいちゃんを感激させる。ユダヤ人の教育で大切な「問う姿勢」を通じて、やかまし屋のおじいちゃんと、好奇心の強い孫娘との間に絆が芽生えてゆくのである。

いっぽう、（ロウアー・イーストサイド生まれの女優・劇作家・踊り子である）シドニー・テイラーが著した、子供や若者の読者を主な対象とした『似た者家族』五部作が、一九五〇年代に全米で人気を博したという。安アパートに住む五人娘を主人公にしたロウアー・イーストサイドの物語が、初めてアメリカ文化の主流に登場したのである。それは『大草原の小さな家』のように、心暖まるイメージを全米に投げかけた。「テネメントの灰色で石の世界では、陽気の良い春の日でさえ草一本生えていない」(『父祖たちの世界』七二)とあるように、貧しい彼女らが暮らすロウアー・イーストサイドに草花はなく、沿道には高い木すら生えていない。また、小川のせせらぎも聞こえず、濁ったイースト川が病葉を浮かべているだけである。

当時、貧しいロウアー・イーストサイドで本を所有している子供はほとんどなく、そこで娘たちは金曜日の安息日の前に、近所の図書館より本を借りて読むのである。娘たちの母は、背がすらりとして、家事や育児が上手であり、いっぽう、父親は、ユダヤ移民がしばしば従事した隙間産業である廃品回収を倉庫の地下で営んでいる。貧しい家庭で金銭の使用は慎重であるが、近隣との交わりは濃密であり、ユダヤ人の伝統的な過ぎ越しの祭り、プーリム祭、仮庵の祭りなどにおいて、家族は信仰あるユダヤ人であると共に、独立記念日を祝う熱狂的なアメリカ人として振舞う。また、娘たちは、ひとつの部屋で寝起きしており、その賑やかさは特筆に価するが、そこでは何にも代えがたい家族の愛情が育まれてゆくのである。

さらに、娘たちはピアノの練習に励み、長女エラは歌手になれるほどの美声の持ち主である。五部作は、第一次大戦を背景として、母親の入院、残された家族の協力、隣人たちの援助、娘の恋人たちの参戦、戦時下の耐乏生活、そして戦争終結と平和の訪れを辿ってゆく。

シドニー・テイラーの物語は、一九五〇年代の若者が愛読し、それは、一九六〇年代のロウアー・イーストサイドの関心へとつながってゆくのである。やがて若者たちは大学へ通い、エイブラハム・カーハンやアンジア・イージアスカやヘンリー・ロスなどのユダヤ系文学にも惹かれてゆくのである。

エイブラハム・カーハンの五百頁を超える『デイヴィッド・レヴィンスキーの出世』（一九一七）は、ユダヤ教正統派の教育を受けた若者が、被服産業で成功する過程で、ユダヤ教への態度がいかに変容するかを辿っている。

ユダヤ人の慈善団体がまだ移民局に設置されていない一八八五年、ロシアより渡米したレヴィンスキーは、キャッスル・ガーデンよりフェリーで到着し、慌しいアメリカの群集に戸惑いながらロウアー・イーストサイドに徒歩で向かってゆく。次第に英語やロシア語やイディッシュ語の看板が目に飛び込んでくる。旧世界の異様な衣服を身にまとった主人公は、「新来移民」（グリーンホーン）と嘲られ、シナゴーグで一夜を過ごそうとするが、ロシアと異なり、アメリカのシナゴーグでは宿泊を許されない。しかし、主人公は幸いなことにシナゴーグで親切な同胞に巡り合い、食事を提供され、散髪や服装まで整えてもらう。さらに、アパートを借りてもらい、一カ月分の家賃を払ってもらう。そして、行商を始める資金をもらい、自己管理を厳しくし、ユダヤ教をないがしろにしないよう忠告される。彼は、籠から手押し車の行商へと移ってゆくが、ロウアー・

イーストサイドで直面する荒々しい世界によって次第に世俗化してゆくのである。

いっぽう、アンジア・イージアスカの『パンをくれる人』(一九二五)では、何世代も抑圧され続けたユダヤ人のエネルギーがほとばしり出る。ロウアー・イーストサイドを舞台として、社会の周縁に生きる移民女性が、男尊女卑と戦い、働きながら大学を卒業し、一人前の人間として生きる道を探す。

主人公サラは、聖典研究に没頭する旧世界出身の父親と激しく衝突し、ロウアー・イーストサイドの汚濁と貧困の中で生きる奮闘をし、苦学しながら大学の扉を開き、一人の人間として成長してゆくのである。その姿は、荒野の開拓者のようであり、サラの燃える魂、ハングリー精神が全体にほとばしり出るのである。

いっぽう、ヘンリー・ロスの『眠りと呼んで』(一九三四)は、種々の背景を持つ人々が混在するロウアー・イーストサイドを舞台に、少年の成長過程を綴る。

ベンジャミン・フランクリンのように、勤勉を通して貧困より身を起こし立身出世を果たす物語が、ロウアー・イーストサイドに多い。カーハンやイージアスカやロスは、物事の優先順位を決め、到達目標を定め、具体的な実践を経て自己を変革してゆく。ユダヤの伝統とアメリカの現実が衝突する中で、移民の子供は、両親を越えて向上してゆくのである。

ただし、シドニー・テイラーの作品とは異なり、『デイヴィッド・レヴィンスキーの出世』や『パンをくれる人』や『眠りと呼んで』では、文化や世代やジェンダーの葛藤が顕著となる。カーハン、イージアスカ、ロスの作品では、テイラーの温かい調和の取れた家庭生活とは対照的に、犯罪や売春や夫婦の不和などが描かれている。これらの作品は、ロウアー・イーストサイドがユダヤ系アメリカ人の中心的な体験という位置を占めると、十九世紀末や二十世紀初頭に生きた移民の「真の声」を届けるテクストとして再評価されてゆく。

さて、一九七〇年代末より、女性作家によって女性主人公の視点でロウアー・イーストサイドの記憶を綴る大衆的な恋愛小説が出版されるが、グローリア・ゴールドレイチの『レアの旅路』（一九七八）はその一例である。ヒロインは手堅いが退屈な夫を持ち、許されない恋に身を焦がす。東欧で生を受け、迫害を逃れて渡米し、伝統とアメリカの現実との葛藤に悩む。また、旧世界でのレイプがしばしば描かれる。最後は郊外で成功にいたるが、ロウアー・イーストサイドの貧しくとも活気にあふれた生活に比べて、人生におけるわびしさや孤独や自殺が目立ち、幸福な結末とはならない。

３　ロウアー・イーストサイドの光と影

いっぽう、著名なユダヤ系文芸批評家であるアーヴィング・ハウは、ロウアー・イーストサイドをユダヤ文化の主流に位置づけ、ユダヤ系アメリカ人のアイデンティティを確固とさせ、彼らを歴史的なルーツに目覚めさせることを意図して、六百頁を超える『父祖たちの世界』（一九七六）

を発表している。「一九一〇年、シティ・カレッジの卒業生一一二名の中で九〇名がユダヤ系であった」(『父祖たちの世界』二八一)というが、ハウ自身もシティ・カレッジの出身である。『貧しいユダヤ人とシティ・カレッジ』(一九八一)によれば、「授業料が無料であったシティ・カレッジが、移民の教育への道となり、そこにロシア系ユダヤ人学生が押し寄せた」というが、シティ・カレッジは、『レアの旅路』のヒロインの夫デイヴィッドを含めたユダヤ系市民が、教育を通して貧民街より抜け出すことに貢献したのである。

『父祖たちの世界』は、一八八〇年代に開始される二百万人に及ぶ東欧ユダヤ移民の大移動に関して、ニューヨークを中心に語る。たとえば、福祉施設であるヘンリー・ストリート・セツルメントをロウアー・イーストサイドに創設した慈善家リリアン・ウォルドのように移民を助けた人々も存在し、移民たちも同郷の相互援助組織を多く設立したが、いっぽう、学校、通り、劇場、ギャング、搾取工場、異邦人の世界などが束になって、伝統的なユダヤ家庭を崩壊に導いた。そこで、家庭の雰囲気が耐え難いため、外でたむろする結果、世紀の変わり目より若者の非行が増加した。

マイケル・ゴールドの『金のないユダヤ人』(一九三〇)も、ロウアー・イーストサイドの影の部分を描く。ヨーロッパのユダヤ人虐殺(ポグロム)を逃れて渡米してみれば、ロウアー・イーストサイドでユダヤ移民を待っていたのは、搾取工場であり、売春宿と腐敗政治の本拠タマニー・ホールであった。前述したように、スラムでは草木の生える余地はなかったが、売春がはびこり、「梅毒のバラ」が夜となく昼となく咲き誇った。

また、主人公が五歳の誕生日を祝う窓の外では、二人の賭博師が銃を撃ち合い、殺人が発生するが、当時のロウアー・イーストサイドでこうした事は日常茶飯事であったという。ギャングの抗争が多く、雨が「ギャングの血のように」トタン屋根に散らばった、という描写もある。ロウアー・イーストサイドの貧困が犯罪の温床となり、若者は盗みを働き、女性を襲い、ギャングや殺し屋となってゆく。

アルバート・フリード著『ユダヤ人ギャング』（一九九三）によれば、一九一一年頃、ロウアー・イーストサイドの犯罪は手に負えなくなっていたという。売春婦への払いは、界隈のヒモや家主やボスたちに吸い上げられるが、それでも売春婦の稼ぎは、平均的な女性労働者よりも多かった。売春は、ユダヤ慈善団体にとって手に余る規模であった（同上一〇）。

売春と同様、賭博も盛んであり、競馬の馬券売場も繁盛する。有力な賭博師たちは、ロウアー・イーストサイドの悪徳政治家と組み、大規模な賭博場を設立し、高利貸しや保険業なども手がけた（同上一三）。

教育同盟やヘンリー・ストリート・セツルメントなどの慈善団体は、若者を悪の道より救い出そうと努めたが、その成果はきわめて疑問であった。安アパート改善なども試みられたが、むしろユダヤ人はできるだけ早く貧民街より抜け出すことに解決策を求めたという。

第一次大戦後、ロウアー・イーストサイドのみでなく、シカゴやボストンやフィラデルフィアなどにおいても地下組織は先細りしていたが、一九二〇年ころ発布された禁酒法が再びユダヤ系地下組織を活性化させてゆく。活動の拡大のために、イタリア系とユダヤ系ギャングが手を結ぶ場合があった。そして、「殺人会社」が設立され、一九三六年から三九年にかけて、ギャングの敵と見なされた者は次々と消されてゆく。スロット・マシーン、競馬、賭博、酒、高利貸し、麻薬などが、悪の組織の資金源となった。

結局、世紀末ごろに生まれたユダヤ系ギャングは、一九二〇年代の禁酒法によって儲け、さらに賭博によって巨利を得たが、ようやく貧民街の消滅に伴って、消えていったのである（同上二八七）。

いっぽう、ロウアー・イーストサイドは、ドキュメントである『ゲットーの精神』（一九〇二）を著したハッチンズ・ハプグッドのような批評家や社会学者などを大勢惹きつけた。この著作の目的は、貧困、汚濁、無知、堕落、搾取工場、安アパート、赤線地帯に彩られたユダヤ人地区ではなく、そこに暮らす興味深い人々について記すことであった。

たとえば、年配のユダヤ人は、「新来移民」（グリーンホーン）と嘲られることを嫌うがあまり、百ほどの英単語を覚え、服装をアメリカ風に変え、搾取工場で働くか、手押し車での行商を始める。彼らは、病気の際に助けてもらえる相互援助組織の会員になったり、イディッシュ語新聞やイディッシュ劇場の影響を受けるが、タルムードを読む宗教的な人間としての本質を変えない。彼らは、安アパートの一室に設けられたシナゴーグに通い、正統派ユダヤ人で固めたカフェに集い、多文化の影響をあまり受けることがない。

ところが、若者たちは、ユダヤ教正統派の影響と、実際的・非宗教的なアメリカ文化の影響と、それら二つを否定する社会主義の影響とを受けている。親たちは、彼らのことを「アメリカの子供だ！」と嘆く。アメリカ的価値と伝統的価値の両方に惹かれる若者たちにとって、両者を失わずに過ごせる場所は可能であろうか。若者たちはかなりの精力を費やし、大志を抱き、成功を求めているのである。

そして、老人と若者の中間に位置し、正統派にもアメリカ文化にも属していないゲットーの知識人たち（社会主義者、アナキスト、作家、編集者、学者、詩人、劇作家、俳優たち）は、派閥に分かれ、カフェで明け方まで議論に熱中している。彼らの議論は、歴史や現状からかけ離れた観念的な場合もあるが、ハプグッドは、こうした埋もれた知識人たちの資質を認めている。

4　イーストサイドとイーストエンドの比較

社会学者セルマ・ベロルはその著作『イーストサイド、イーストエンド』（一九九四）において、ニューヨークのイーストサイドとロンドンのイーストエンドを比較しており、ロンドンよりニューヨークに向かったユダヤ移民のほうが、さまざまな理由によって中産階級により早く辿り着いた、という結論を出している。

ニューヨークにはロンドンよりも大勢のユダヤ人同胞が住み、そこは宗教的にも寛容であり、無料教育の制度があって、移民を惹きつけた。ちなみに、著者の夫は大量移民の末期に渡米し、無料教育を活用してシティ・カレッジとコロンビア大学で学位を取得し、専門職に就いた。著者は、自らの夫を向上した移民の具体例と見なしているのである。

旅行に要する期間が短く入国も容易であったロンドンよりも、ニューヨークへ多くの移民が集まった。先着の同胞社会の規模が大きく、搾取工場でもユダヤ人労働組合が組織されつつあり、ニューヨークでは近隣のイタリア系社会とはそれほど敵対せず、米国政府の初期の移民対策は英国の場合ほど厳格ではなかった（四四）という。また、港が近いために原料輸入や製品輸出が便利であり、（デイヴィッド・レヴィンスキーが従事した）被服産業が栄えた。金融や交通の中心でもあり、移民の安い労働力が得られ、周囲の地域には大きな市場が存在していた。「一八八〇年までにニューヨークの被服産業は、ボストン、シカゴ、フィラデルフィアを合わせたものに勝るようになった」（一一七）。

シティ・カレッジやハンター・カレッジが存在したニューヨークのほうが、ロンドンよりも移民の子孫の就学率が高かった（一〇四）。

先着のドイツ系ユダヤ人共同体の援助、公立の無料教育、多くの就労機会や大きな市場、社会の流動性、そして反ユダヤ主義への防衛が存在したために、ニューヨークのほうがロンドンよりも中産階級に上がる可能性が大きかった（一四五）という。

5　ロウアー・イーストサイドの名所

一九五〇年代までニューヨークのユダヤ系住民は、まだ貧民街に居住していたが、一九六〇年代までに市民としての諸権利を勝ち取り、ロウアー・イーストサイドはユダヤ人の聖域として確定した。それは、彼らにとって、過去のある時期を大切にし、それを神聖視する態度の具現化である。また、この頃、いろいろな少数民族のルーツを求める動きが顕著になってくる。ユダヤ系の場合、日々テレビ放映されたイスラエルのアイヒマン裁判や中東の六日戦争は、彼らの意識をイスラエルに向け、過去のホロコーストへの関心を発展させてゆく。また、ミュージカル『屋根の上のヴァイオリン弾き』が昔日のシュテトルの概念を一般に広めた。こうした社会現象の中で、自らのルーツを求め、現在を見直し、未来の方向を探る傾向が、ベーグルなどユダヤ食品が知られてゆくように、一般に広まっていったのである。

そこで、アメリカの他の地域に住むユダヤ人たちも、ユダヤ料理や独特の雰囲気を求めて、ロウアー・イーストサイドを訪れている。そこは、ユダヤ系市民にとって想像上の共同体になったのである。また、文化を創造する上で、ニューヨークの持つ大きな影響力が、ロウアー・イーストサイドに脚光を浴びせかけたのだ。

ロウアー・イーストサイドには、今日でもまだユダヤ人の店が残っており、そこでは、彼らが好むゲフェルテ・フィッシュ（魚のすり身団子）、にんにく、キャベツの漬け物の匂いが漂う。たとえば、「ガスの漬物屋」や「キャッツ・デリ」である。また、「サミーのステーキ・ハウス」は、みすぼらしい外見や内部の混雑にもかかわらず、昔日を偲ぶ旅行者を惹きつけている。ロウアー・イーストサイドの小さな店でユダヤ人特有の客とのにぎやかなやり取りを眺め、記憶を掘り起こす旅行者もあろう。

セワード公園図書館分室は、まだ開かれており、筆者もロウアー・イーストサイドを訪れた際には、ここでよく仕事をする。ちなみに、この図書館に関わる、アメリカに到着したばかりの移民女性の話が記録されている。彼女は、英語を一言も話せなかったが、セワード公園図書館分室に出かけて行き、「指を一本、二本、三本と立てて、三人の子供たちのために図書館利用カードが欲しいと訴えたのである」（『アメリカでのみ』一九五八）。

一九八八年に設立されたロウアー・イーストサイド・テネメント博物館には、安アパートの状況が当時のままに展示されてある。その部屋は、三畳や四畳半という日本のアパートと比較するならば、広いようにも思われるが、子供の多い家族や、家計をやりくりするためにしばしば置いた間借り人の数を考慮すると、結構手狭だったことであろう。

近年、ロウアー・イーストサイドを散策するための案内書が出版され、ユダヤ歴史協会やラビやイェシヴァ大学教授などによるツアーも企画されている。女性運動、社会主義などの思想に関するツアーもあれば、宗教施設を巡るツアーや著名人の住居跡を辿るツアーなども行なわれている。また、ロウアー・イーストサイド祭りが食べ物、出店、音楽などを含めて毎年催されている。さらに、セントラル・パークそばのユダヤ博物館において「アメリカへの入り口」と題してロウアー・イーストサイドに関する展示が行なわれ、たくさんの入場者を獲得している。

おわりに

ロウアー・イーストサイドは、多くのユダヤ人が暮らし、多くの作品が書かれ、多くの異邦人が訪れ、自由の女神にも近いことによって、ユダヤ人にとって聖地となった。現在は、アジア的、ヒスパニック的雰囲気も有するロウアー・イーストサイドは、ユダヤ系にとって集合的なアイデンティティを形成する力を持っているのであろう。そこは、彼らにとって、成功や失敗、得たものや失ったものを思い起こさせてくれる場所である。ロウアー・イーストサイドの記憶を活用し、ユダヤ人としてのアイデンティティを探し、生活の質の向上を求めるのである。

ロウアー・イーストサイドは、ユダヤ移民たちやその子孫にとっては、彼らの新しい生活を築くことを助け、その後の発展を促した聖なる場所である。そこでは、新聞社や出版社や教育同盟などによって移民の教育の向上が図られ、覚醒した移民たちは権利を求めて労働運動や女性運動にまい進していった。長時間労働を強制した搾取工場は存在したが、そこから被服産業やファッション産業が発展した。手押し車による行商は、やがて小金をためた行商人によって、雑貨店、そして百貨店産業へと進展してゆく。搾取工場の労働者たちに仕事の後の娯楽を提供したイディッシュ劇場は、やがてハリウッドの映画産業へと発展してゆくのである。

ロウアー・イーストサイドは、ユダヤ系アメリカ人たちにとって彼らのアイデンティティを探る上で大切な場所である。彼らの精神の核を宿している場所であるかもしれない。旧世界と同様に、彼らの心のふるさとである。

ユダヤ系市民は、一九六〇年代よりロウアー・イーストサイドの残像を抱いてカルフォルニアやフロリダなど広く全米に散ってゆく。ロウアー・イーストサイドは、全土に散らばったユダヤ系アメリカ人にとって、一種の旧世界であり、東欧のユダヤ人町（シュテトル）になっているのだ。

ここでわれわれは再び、各自にとって精神的な支えとなる場所、聖域があるか、また、その場所を過去を甦らせ、現在を思い、将来の方向性を探る指標として活用できているか、と問うかもしれない。

引用・参考文献

Antin, Mary. *The Promised Land*. New Jersey: Princeton UP, 1985.
Benton, Barbara. *Ellis Island*. New York: Facts on File Publications, 1985.
Berrol, Selma. *East Side/East End: Eastern European Jews in London and New York, 1870-1920*. Westport: Praeger, 1994.

Cahan, Abraham. *The Rise of David Levinsky*. New York: Harper & Row, 1917.
——. *Yekl and The Imported Bridegroom and Other Stories of Yiddish New York*. New York: Dover Publications, 1970.
Diner, Hasia R. *Lower East Side Memories*. New Jersey: Princeton UP, 2000.
Fried, Albert. *The Rise and Fall of Jewish Gangster in New York*. New York: Columbia UP, 1993.
Gold, Michael. *Jews Without Money*. New York: Avon Books, 1965.
Golden, Harry. *Only in America*. New York: The World Publishing Company, 1958.
Goldrich, Gloria. *Leah's Journey*. New York: Harcourt Brace Jovanovich, 1978.
Gorelick, Sherry. *City College and the Jewish Poor*. New Jersey: Rutgers UP, 1981.
Guttman, Israel. *Encyclopedia of the Holocaust*. New York: Macmillan Publishing Company, 1990.
Hapgood, Hutchins. *The Spirit of the Ghetto*. Cambridge: The Belknap Press, 1967.
Howe, Irving. *World of Our Fathers*. New York: Harcourt Brace Jovanovich, 1976.
Kazin, Alfred. *A Walker in the City*. New York: Harcourt Brace & Company, 1946.
——. *Starting Out in the Thirties*. New York: Vintage Books, 1965.
——. *New York Jew*. New York: Syracuse UP, 1978.
Limmer, Ruth. *Six Heritage Tours of the Lower East Side*. New York: New York UP, 1997.
Metzker, Isaac ed. *A Bintel Brief*. New York: Schocken Books, 1971.
Muggamin, Howard. et. al. eds. *The Immigrant Experience—The Jewish Americans*. New York: Chelsea House Publishers, 1996.
Rael, Elsa Okon. *What Zeesie Saw on Delancey Street*. New York: Simon & Schuster, 1996.
——. *When Zaydeh Danced on Eldridge Street*. New York: Simon & Schuster, 1997.
Riis, Jacob A. *How the Other Half Lives*. New York: Dover Publications, 1971.

Rosten, Leo. *The Return of Hyman Kaplan*. New York: Harper & Row, 1959.

——. *The Education of Hyman Kaplan*. New York: Harcourt Brace Jovanovich, 1965.

Roth, Henry. *Call It Sleep*. New York: Farrar, Straus & Giroux, 1934.

Seller, Maxine S. ed. *Immigrant Women*. Albany: State University of New York Press, 1944.

Taylor, Sydney. *All-of-a-Kind Family*. New York: Follett Publishing Company, 1951.

——. *More of All-of-a-Kind Family*. New York: A Yearling Book, 1954.

——. *All-of-a-Kind Family Uptown*. New York: A Yearling Book, 1958.

——. *All-of-a-Kind Family Downtown*. New York: A Yearling Book, 1972.

——. *Ella of All-of-a-Kind Family*. New York: A Yearling Book, 1978.

Yezierska, Anzia. *Children of Loneliness*. New York: Funk & Wagnalis Company, 1923.

——. *Bread Givers*. New York: Persea Books, 1975.

第６章　ユダヤ人と不動産・建設業

はじめに

十九世紀より二十世紀にかけてユダヤ移民の米国への流れには、三波があった。第一波は、スペインやポルトガルなどからのセファルディ系であり、商人になる人が多かったが、後に彼らの中より東欧移民を鼓舞する詩「新しい巨像」を創作したエマ・ラザラスが現れた。自由の女神の台座に掘られている詩である。第二波は、ドイツ系であり、彼らは勤勉で堅実であり、行商より身を起こし、百貨店産業、金融業などで新世界に地盤を築いた。そして、第三波は東欧系であり、概して貧困であった彼らは被服産業、映画産業、不動産・建設業などに活路を見出していったのである。こうした三波の移民の中で東欧系に注目する本稿の目的は、なぜ彼らの間から不動産・建設業が発展したのか、それは歴史書やユダヤ系文学にいかに記録されているのか、そしてこの産業が今後に及ぼす影響はいかなるものか、を探ることである。

1　第三波のユダヤ移民

ユダヤ移民の潮流の中で十九世紀末から二十世紀初頭にかけて渡米した第三波に焦点を合わせてみよう。通常、渡航費を工面する関係で、まず一家の主人が単独で渡米し、必死に働いて貯金をし、三年ほどして家族を呼び寄せることがしばしばであった。やがて再会した家族は、ニューヨークのユダヤ移民集住地域ロウアー・イーストサイドに安アパート（テネメント）を借りた。そこで一家の主人は、手押し車で行商に出るか、あるいは先着のドイツ系ユダヤ人が経営する搾取工場（スウェットショップ）で日に十四時間も、さらに繁忙期には十八時間も働くことになった。いっぽう、その妻は家庭で家事や育児に追われていたのである（ちなみに、東欧では夫が日に十六時間も聖典学習に精出し、その妻が市場などで働いて夫の聖典学習を助けていたが、それが神の定める善行であると見なされていた。アメリカではまさにそうした夫婦の立場が逆転したのである）。

そして同時に妻は、ユダヤ移民文学に描かれるように、安アパートにしばしば間借り人を置いていたのである。間借り人は、同郷人であったかもしれないし、赤の他人であったかもしれない。時には、時間交代で勤務する二人の間借り人が、同じベッドを共有する場合もあった。妻は、こうした間借り人に対して食事の世話をし、彼らの服を洗濯した。彼女の料理の腕前が、間借り人を多く引き寄せたかもしれない。しかし、時には、マイケル・ゴールドの『金のないユダヤ人』（一九三〇）に挿入される逸話のように、決まって一家の食事時間に職場より戻り、取り決め以上の食事をねだるがめつい間借り人もいたらしい。また、間借り人とその家庭の主婦が駆け落ちをするような問題も発生したという。

やがて新世界で奮闘する移民家族は、搾取工場からの給料や、間借り人からの部屋代や、一家の子供たちの稼ぎを合わせて、次第に小金をため、それを投資して、安アパートなどの不動産を購入してゆくのである。比較的裕福になった人々は、ロウアー・イーストサイドに不動産を購入し、さらに安アパート（テネメント）や銀行などを建てる場合さえもあった。たとえば、バーナード・マラマッドの『間借り人』（一九七一）には、ユダヤ人家主が登場してくる。

実際、不動産業は、多くの設備投資を必要としなかった。まず一軒の安アパートや家屋を購入し、それを二軒、三軒と増やしてゆくことは、比較的容易であったようだ。

仮に多額の資金を必要とした場合があったとしても、ユダヤ人に顕著な相互援助制度を活用し、金融業に台頭したドイツ系ユダヤ人の同胞を含めて、ユダヤ人の仲間より資金を借り入れることは容易であったことだろう。こうした利点を得て、後で取り上げるように、ユダヤ系アメリカ人が不動産・建設業で「急速に」成功してゆく有様は、ユダヤ系アメリカ文学にしばしば描写されている。

実際、不動産・建設業は、ユダヤ人にとって、彼らを排除するような社会的障壁の少ない「隙間産業」であった。そのためにこの分野に野心的な東欧ユダヤ移民の子孫が分け入り、彼らのビジネスの才能を思う存分発揮できたのである。

その結果、早くも一九二〇年代までには、ニューヨーク市内の不動産・建設業者の四〇％までを彼らが占めるようになっていたという。これは驚くべき発展振りではないか。

そして第二次大戦後の不動産ブームに乗って、多くのユダヤ系不動産・建設業者は、巨万の富を築いてゆく。そのことはソール・ベローやアイザック・バシェヴィス・シンガーを含めたユダヤ系アメリカ文学にも反映されているのである。

今日、全米最大の不動産王として君臨し続けているのが、東欧ユダヤ移民二世のティッシュマン兄弟であるという。彼らの最近の動向をインターネットで探ると、中国の不動産・建設会社と提携し、大きな企画に乗り出している様子である。

2　歴史に見るユダヤ人と不動産・建設業

歴史を振り返れば、東欧でユダヤ人は、長期の流浪生活において不動産取得がままならない状況にあった。

彼らが暮らしていた東欧のユダヤ人町（シュテトル）には極貧がはびこり、霞を食べて生きているような乞食が多かった。あるいは、零細な行商や仕立てや機知によって細々と暮らす底辺の人々が多く存在した。それは、ショレム・アレイヘム『牛乳屋テヴィエ』が原作の映画『屋根の上のヴァイオリン弾き』のような不安定な生活であった。危険な場所で、希望を失わず、必死に生活を営もうと奮闘していたのである。彼らは土地所有を禁じられており、それは周囲の異邦人の百姓たちと比較しても、改善の余地ない世界であった。

さらに、彼らは、住居、職業、教育など、種々の制約を受けていたのである。ロシアでは二十五年にも及ぶ徴兵制度さえあって、そこではユダヤ人が忌み嫌う豚肉を食べることを含めて異邦人の生活を強要された。そうした深刻な差別や迫害を逃れ、アメリカに至って初めて、彼らは不動産を取得する自由に恵まれたのである。旧世界出身者にとって、不動産取得は夢のまた夢であったのだから、ようやく獲得したその自由を使いこなそうとした移民の熱情は、想像してあまりある。

その一例として、貧民街の出身で、後にブロードウェイの興行師にのし上がったビリー・ローズの場合を眺めてみよう。彼は「自分の土地を闊歩できるこの喜びは、ロウアー・イーストサイドで汚濁と喧騒にまみれて育った者にしか分かりっこないのだ」（『ワイン、女、言葉』五三）と自伝において漏らす。彼は、多方面で幅広いマルチ商法を展開したやり手の人物であるが、大量の不動産取得にも抜かりなく精力を注いだのである。そうしたビリー・ローズの人生は、ソール・ベローの『ベラローザ・コネクション』（一九八九）にも余すところなく活写されている。

ビリー・ローズの例に見られるように、ユダヤ人の不動産・建設業は、まさにロウアー・イーストサイドより発展したものであった。

今日われわれは、不動産・建設業を、ユダヤ系アメリカ人たちが携わった巨大ビジネスとして、歴史の流れにおいて眺めることが可能である。すなわち、「移民第二世代に至ると、搾取工場ではなく、不動産業、保険業、商売に入ってゆき」（『父祖たちの世界』一四〇）、「銀行業、株式仲買業、不動産業、小売業、流通、娯楽などの職種でアメリカのユダヤ人は強力な地位を占め」（『ユダヤ人の歴史』下巻二五四）、「ユダヤ系は不動産部門で、ロウアー・イーストサイドの安アパートや、高級住宅、ホテルなどの建設で発展してゆくのである」（『アメリカのユダヤ人の歴史』六四九）。また、「建築や工学の分野でも、都市建設やショッピング・モールやアパートの建設に多くのユダヤ系が携わった」（同上七五五）という。莫大なデータを集め、分厚い書物を編む歴史家たちによって、ユダヤ系アメリカ人たちの不動産・建設業の発展が跡付けられていることは、興味ぶかい。

3　文学に見るユダヤ人と不動産・建設業

こうした不動産・建設業の発展は、歴史書のみでなく、ユダヤ系文学作品にも反映されていないわけがない。まず、二人のノーベル文学賞受賞作家の例を眺めてみよう。

ソール・ベローの短編「古い道」（『モズビーの回想録』所収一九六四）において、主人公アイザックは、第二次大戦後のブームに乗ってニューヨークが発展を続けていた折に、土壇場で弟妹たちに裏切られながらも、異邦人との取引で危ない橋を渡って不動産を購入し、そこに大規模なショッピングセンターを建設し、大成功を収めてゆくのである。ただし、物質的な大成功の中で、アイザックがユダヤ人の伝統的な生き方である「古い道」を重視してゆく態度が、意義深いものとして注目されよう。彼は成功するにしたがって、ますます信心深くなってゆく。たとえば、彼は車の運転中や建築現場においてさえ聖書の「詩篇」を唱えている。日本人であれば折々の気持ちを短歌や俳句に表わすように、彼はその時々の気持ちを「詩篇」に託し、メロディに乗せて唱えているのである。アイザックにとって、ユダヤ人の「古い道」を辿ることこそが、さらに豊かで意義深い未来へと彼を導いてくれるように思われるからである。「あなた方は分かれ道に立って、よく見、古の道につき、よい道がどれかを訪ねて、その道に進み、そしてあなた方の魂のために、安息を得よ」と「エレミヤ書」六章十六節にもあるように、「古い道」を自己のルーツとして、また自らの精神の核とし、それから更に裾野を広げてゆく生き方がアイザックにとって豊穣な未来への指針となる気がするのである。

いっぽう、親友に妻を寝取られ、知的生活の混迷に陥った大学教授が、苦闘の果てに精神の静謐状態に至るベローの物語が『ハーツォグ』（一九六四）である。ベストセラーとなったこの作品において、主人公の兄たちは不動産・建設業でシカゴの大物になっている。主人公は、この裕福な兄たちからいつでも必要な援助を受けることができる状態にいる。彼らの父親がロシア出身の移民であり、「一九一三年にケベックのヴァリフィールド近郊に土地を買ったが、農業で失敗。それから町に出て、パン屋で失敗。乾物屋で失敗。仲買業者で失敗。誰もが景気のよかった戦時中、袋製造業で失敗。廃品回収業で失敗。それから結婚仲介人になったが、それにも失敗」（一三七）

という人生を送ったことを思えば、移民二世であるハーツォグや兄たちがそれぞれの分野で大成していることは、まさに驚異である。中年に至ったハーツォグは、せわしなく飛び回りながら、同時に出す当てもない手紙を、古今東西の、想像上の、そして現実の、人々に宛てて書き続ける。それは、知識人である彼なりに混沌より抜け出そうとする試みであるが、そこにはそこはかとなくユーモアが漂う。次第に簡素化された心況に近づきながら、彼が暮らすのはバークシャーの田舎に取得した不動産である古ぼけた家である。そこは、人生の簡素化に努めながら、自らが求めた清貧の中で巨大な精神の構築物を打ち立てた十九世紀の作家ヘンリー・デイヴィッド・ソローの『ウォールデン』を連想させよう。

次に、イディッシュ語の作家として最初にノーベル賞を受けたアイザック・バシェヴィス・シンガーの短編「サム・パルカとデイヴィッド・ヴィシュコーヴァー」(『熱情』所収一九七五)を眺めてみよう。この作品において、主人公サム・パルカは、ポーランドより渡米した貧しい移民であった。先着のドイツ系ユダヤ人が所有する搾取工場で日に十四時間も、繁忙期には十八時間も労働したという。ところが、あるとき、平屋建ての家を建築すると、それから成功が続き、見る見る大金持ちになってゆく。彼は、不動産・建設業に携わってゆくのである。それは「文無しであったのに、突然、周囲から金が流れ込んできた」ほどの大成功であったという。

サム・パルカは、不動産・建設業で成功し、ニューヨークで百万長者になり、イディッシュ語作家やイディッシュ劇場をひいきにし、ブロンクスの老人ホームの後援者やイスラエルの孤児支援協会の会計を務め、功成り名遂げて慈善にも励んでいる。貧しかった時代の趣味も継続し、「たとえ千歳まで生きたとしても金には困らない」と豪語する現在、慈善活動にも手を出しているわけである。ただし、あくせく働いていた貧困時代に「真の愛」に巡り合えず、虚無的な人生を送っていた彼は、不動産・建設業者となって以来、自らの所有する安アパートに暮らす旧世界出身の純真な女性チャナ・バシャにふとしたことで出会う。そして、彼女に対する真の愛を大切に育てながら、旧世界と新世界を股にかけた余生を過ごしてゆくのである。

また、シンガーの小説『悔悟者』（一九八三）においては、ホロコースト生存者である主人公シャピロは、「これ以上失うものは何もない」という精神によって、ニューヨークで不動産・建設業者としてこれも大成功するが、物質主義の悪弊に呑み込まれ、妻や愛人との関係も破綻し、「ユダヤ人たちが自らの墓を掘らされていたとき、神はどこにおられたのか」と信仰も危機に瀕している。

ついに、彼は妻や愛人やそれまで築いた職業などすべてを捨て、ニューヨークを離れ、イスラエルへ向かうことになる。それは、勇気の要る決断であるが、いっぽう、今日のユダヤ人には向かう国が存在すること、また新たな生活に挑む資金を用意してあることは、シャピロにとって幸運である。環境を変える行動に憧れるユダヤ人は多く存在するものの、それに勇気や信念が伴わなければ、単なる願望で終わってしまう。この点、共に不動産・建設業で成功してはいるが、ニューヨークの片隅で純朴な娘に愛のオアシスを求めるサム・パルカと比べれば、イスラエルに飛び、ユダヤ教超正統派が暮らすメア・シュリアム地区で果敢に宗教生活に精進するシャピロのほうが前進している。サム・パルカの場合、ヒトラーの台頭によって渡航が妨げられたことが皮肉である。いっぽう、シャピロの場合は、自己の気持ちを偽ることなく、また、父祖の記憶に忠実であり、理想を求め続けたことがイスラエルでの新生活に繋がったのである。

ここで「人は環境を変えてこそ新たに生きるのである」(三一八)という、シオニズム世界機構を構築したテオドール・ヘルツルの日記の言葉を想起するならば、それはまさにシャピロに当てはまるであろう。

シャピロは持参した金が続く限り、神学校での宗教生活に明け暮れ、その後はまた新たに生きる道を探すことであろう。不動産・建設業の知識を活用してイスラエル建設に携わることもそのひとつである。そうした専門職に携わりながら、聖典の研究を通じて精神の核を求めてゆく新しい生き方が可能であろう。

ほかに不動産・建設業に言及する作品を探すならば、アンジア・イージアスカの『パンをくれる人』(一九二五)において主人公サラが交わる男性は、ロサンジェルスの不動産業に関わっている。不動産の売買で急速に富を蓄えている男である(一九五)。

また、ジェラルド・グリーンの『最後の怒れる男』(一九五七)において、ニューヨークのブラウンズヴィルに初期に定住した人々は、不動産や雑貨の卸売業で財を成し、より良い界隈に引っ越してゆく。かつて家畜が飼われていた砂地は、不動産・建設業者に争うように買収されるが、皮肉なことにそこに新たな貧民街が建設されてゆく。

この作品に登場するユダヤ移民やその子孫を眺めると、これまで必ずしも幸運でなかった主人公のエイベルマンでさえ、それなりに社会的な向上を果たし、診療医として貧民街の住民を助け、生産的な人生をまっとうしているのである。彼は、黒人の女中ジャニーを住み込みで雇ってさえいる。彼の裏庭は狭いが、そこには、桜などが生えており、木陰は信じられないほど涼しく、憩いを感じさせてくれる。彼の娘ユニスは、不動産・建設業者の男性と結婚し、「驚くほど立派な住宅」（四一三）で暮らしている。

さらに、ブルース・ジェイ・フリードマンの『スターン』（一九六二）を眺めてみよう。ブルックリンの三部屋のアパートで育った三十六歳の主人公は、妻子と共に郊外へ引っ越す計画を立てるが、宅地の購入契約が成立したときに住み慣れた都市を離れる恐怖を覚え、ユダヤ人が少なく非ユダヤ人の多く住む新たな環境を周縁の人の目で眺めてしまう。環境に溶け込めないのである。最初は、部屋数の多い新居や広い芝生で妻子と戯れるが、入居して一カ月後、毛虫の大群が植木の大半を枯らしてしまう。また、息子は遊び相手が見つからず、妻も友人ができずに気持ちが優れない上、主人公にとって職場への通勤は往復三時間に伸びてしまう。したがって、一家は郊外で孤独な生活を強いられるが、やがて近所の異邦人が散歩をしていた妻に侮辱行為を働き、その対応に関わるストレスによってスターンは胃潰瘍や神経症に苦しむことになる。『スターン』は、成功したユダヤ系アメリカ人が都市より郊外へ移動する一九五〇年代に不動産を取得したものの、こうした不条理な状況に直面せざるを得ない状況をコメディ調で描く作品である。『スターン』に見られるように、当然、都市より郊外への移動に伴って、ユダヤ文化に関わる生活が変貌してゆく。たとえば、シナゴーグは、礼拝所、コミュニティ・センター、交際場所、日曜学校、若者の溜まり場など、近代的で多目的な場所となってゆくが、ユダヤ人の新年（ロシュ・ハシャナ）や贖罪日（ヨム・キプール）など重要な祝祭日を除けば、そこへ集う人々は少ない。こうした郊外のユダヤ人社会を取り巻く変容は、ボストン郊外を主な舞台にしたハリー・ケメルマンのラビ・スモール・シリーズにも読み取ることができる。ユダヤ共同体の精神的指導者であるラビは、郊外の人々の宗教行事への無関心やユダヤ教の知識の貧困を陰で嘆くのである。

4　著名なユダヤ人不動産・建設業者

著名なユダヤ人不動産・建設業者としては、『アメリカ・ユダヤ人の経済力』にも言及されているように、ティッシュマン一族、ホロコースト生存者であるラズロー・タウバーやデイヴィッド・チェイス、そしてタルムードで鍛えた頭脳を活用して事業を営むライクマン財閥が挙げられよう。ホロコースト生存者の場合、『悔悟者』のシャピロのように、この世でこれ以上「失うものがない者は何でもやれる」（『ユダヤ箴言の宝典』一四五）という気持ちでリスクをものともせず、不動産・建設業に打ち込み、大成功を収めているのである。

また、聖書の注解タルムードで鍛えた頭脳を活用し不動産・建設業を営むということは、さすがにユダヤ人であると思わせる。多くのラビたちが英知を結集し、聖書の注解を分厚い二十巻に集めたタルムードは、それを読むものにきめ細かく多面的な思考法を与えてくれるというが、それは有意義な生を営み、ビジネスを展開する上でも有益であると想像できる。前述のハリー・ケメルマンのラビ・スモール・シリーズの場合は、タルムードで鍛えた頭脳を用いて犯罪捜査に挑む「ユダヤ人のシャーロック・ホームズ」を描くベストセラーであるが、ユダヤ人の「古い道」を表わすタルムードは、現代においても偉大な力を発揮するという一例である。

不動産・建設業に必要な資金に関してであるが、その点、前述したように、ユダヤ人の相互援助制度を活用し、ユダヤ人に多い金融業・弁護士・会計士などからの援助が大いに期待できるであろう。当然、取引にはリスクが絡むであろうが、その点、ラズロー・タウバーやデイヴィッド・チェイスなど、生と死の谷間をくぐったホロコースト生存者にとっては、「これ以上失うものなど何もない」という気持ちで、果敢にビジネスに取り組んでゆくことであろう。それは、長年の流浪体験を経たユダヤ人の場合も同様であろう。彼らのこれまでの人生体験や彼らの相互援助制度を考慮した場合、ユダヤ人にとって不動産・建設業は、彼らの潜在能力を大いに発揮できる分野である。

5　知人の不動産取得の場合

ニューヨーク州スカースデイル、メリーランド州シルヴァー・スプリング、マサチューセッツ州ブルックラインなどはユダヤ系市民が多く住み着いた郊外である。筆者の友人でユダヤ系夫妻は、ボストン郊外のブルックラインに三階建ての瀟洒な邸宅を構えている。夫は恵まれない人々のために働く弁護士であり、妻はフランスよりホロコーストを逃れて渡米した人である。

筆者は、ボストン界隈で調査研究に携わる際、かつては娘さんが使っていたという三階の部屋に泊まらせていただいたが、そこもかなり広いものであった。その広い部屋で娘さんが残していった文学書などを楽しく読ませていただいた。とにかくかなり広い三階建ての家なので、掃除が大変であると奥さんはよくこぼしていた。庭もかなり広く、庭にリスの夫婦が暮らしているということであったが、「今は別居中なのよ」と奥さんが冗談を言っていた。

これはユダヤ系との比較であるが、同じボストン郊外であっても、韓国系で音楽家の夫と、日系でジャーナリストの妻の場合、広々とした芝生のある庭にスプリンクラーが活動し、広大な家のそばの林ではリスや小鳥がえさを求めていた。国土の狭い日本であの広さを獲得することは非常に困難であろうと感じた。米国ヘンリー・デイヴィッド・ソロー学会に参加した折、ここに泊めていただき、車の手配も含めていろいろ便宜を図っていただいたことに深く感謝している。

これらは、成功したユダヤ系、日系、韓国系の不動産取得の例である。

６　不動産・建設業界の今後

今後、不動産・建設業界は、都市再開発、リゾート開発、ニュータウン開発を含め、開発、分譲、賃貸、仲介、管理を手がけ、不動産・建設業と周辺産業の活性化を目指しながら、住宅の信頼性や顧客の信頼度を高めてゆくことが求められよう。顧客を大切にし、購入までの過程を明示し、インターネットによる情報提供を改善し、消費者にさらに開かれた業界を目指して欲しい。また、業界は、いかにして国の経済に貢献してゆくかというヴィジョンを持ち、地域の活性化、高齢者の憩いの場の建設、シックハウスやアスベスト対策などに配慮し、広大な土地に大型の複合商業施設を作り、その地域の活性化を促し、共同体を築き、文化を養うことが求められよう。

学校を卒業したら教育が終わりでなく、結婚したら家庭建設が終わりでないのと同様、不動産を販売してビジネスが終わりでなく、それは始まりである。リフォームやアフターケアにも迅速かつ丁寧に対応するならば、口コミによって商売はさらに発展するであろう。

新築住宅着工数は景気の指標であるかもしれないが、似たような家ばかりを建てるのではなく、町の景観を考え、自然に配慮し、さまざまなジャンルの家を慎重に建てて欲しい。ここでは、建物の意匠設計や構造設計や設備設計を担当する建築士の役割が重要である。また、各地域のマネジメントは、対象が街の一部であるかもしれないが、実際、その街全体の魅力を創出するような工夫が欲しい。さらに、都市再開発によってより安全で魅力的な街づくりを手がけたり、宅地開発を行い、道路、排水設備、公園などを整備したり、入り組んだ狭い路地や形の悪い土地などをまとめて、利用しやすい土地に変えたり、マリンリゾート、スキーリゾート、温泉リゾートなどを開発してゆくことが望まれよう。

今後、地方に安く広い家を購入し、ＩＴで自宅勤務をする例も増えるであろうから、地方の空き家を伝統文化を愛する人々が共有するなど、空き家の活用が望まれよう。これは田舎の文化的な活性化や、森林や田畑の保護にも繋がることである。

不動産業界の従業員は、土日に休めないこともあって、初任給は高いであろうし、また、営業実績によって賃金に差がつく場合があろう。今後は、海外の不動産物件の購入数も増え、グローバル化が進むに連れ、複数言語を操るスタッフを雇用する重要性が増してゆくかもしれない。

いっぽう、不動産の購入者は、トイレは二つ以上、書斎、子供部屋、果樹が生え池のあるコンパクトな庭、バリアフリー、個性的な家など、自らの家に対する好みをまとめておくことが望まれる。また、資産のよりよい運用方法や生活設計の方法を提案するファイナンシャル・プランナーの協力も得て、自己資金や借入金を含めた資金計画を作らねばならない。

返済期間が最長三十五年の住宅ローンなどと聞くと、かつて帝政ロシアでユダヤ人が「二十五年に及ぶ徴兵制度」を強制されたことを連想してしまうが、今後、それに見合う二百年も長持ちするような住宅建設が望まれよう。

引用・参考文献

Aleichem, Sholem. *Tevye's Daughters*. New York: Crown Publishers, 1949.
Bellow, Saul. *Herzog*. New York: The Viking Press, 1964.
——. *Mosby's Memoirs and Other Stories*. London: Weidenfeld and Nicolson, 1968.
——. *The Bellarosa Connection*. Middlesex: Penguin Books, 1989.
Friedman, Bruce Jay. *Stern*. New York: Arbor House, 1962.
Gold, Michael. *Jews Without Money*. New York: Avon Books, 1965.
Green, Gerald. *The Last Angry Man*. London: Longman, Green & Co., 1957.
Howe, Irving. *World of Our Fathers*. New York: Harcourt Brace Jovanovich, 1976.
Kemelman, Harry. *Friday the Rabbi Slept Late*. Bath: Chivers Press, 1964.
Lowenthal, Marvin. ed. *The Diaries of Theodore Herzl*. New York: The Dial Press, 1956.
Malamud, Bernard. *The Tenants*. New York: Farrar, Straus & Giroux, 1971.
Rose, Billy. *Wine, Women and Words*. New York: Simon and Schuster, 1946.
Rosten, Leo. *Treasury of Jewish Quotations*. New York: Bantam Books, 1972.
Sachar, Howard M. *A History of the Jews in America*. New York: Alfred A. Knopf, 1992.
Singer, Isaac Bashevis. *Passions and Other Stories*. Middlesex: Penguin Books, 1975.
——. *The Penitent*. New York: Farrar, Straus & Girouxk, 1983.
Thoreau, Henry David. *Walden*. New York: Bramhall House, 1854.
Yezierska, Anzia. *Bread Givers*. New York: Persea Books, 1975.

Young, Betta Roth. *Emma Lazarus in Her World.* Philadelphia: The Jewish Publication Society, 1995.

倉見康一／倉見延睦『建設業界の仕組み』ナツメ社、二〇〇九年。

佐藤唯行『アメリカ・ユダヤ人の経済力』ＰＨＰ新書、一九九九年。

ジョンソン、ポール『ユダヤ人の歴史』石田友雄監修、上・下巻、徳間書店、一九九九年。

『聖書』日本聖書協会、一九九九年。

堀邦維『ユダヤ人と大衆文化』ゆまに書房、二〇一四年。

矢部樹美男『不動産業界の仕組み』ナツメ社、二〇〇九年。

第7章　ユダヤ料理――その歴史的な背景

はじめに

「人生はそれほど悪いものではないよ、味わい方を知っていればね」。はるか以前に読んだユダヤ系作家作品のどこかに、このような表現が出ていたような気がする。ユダヤ人は、迫害や流浪の歴史に苦しみながらも彼らの料理を移動させ、諸国での影響を受けながらも独自の料理を編み出し、それを今日まで伝えているのである（同様の過程は、彼らの音楽に関しても言えよう）。流浪において明日の分からない人生であっても、一回ごとの食事を心して味わうことは、ユダヤ人が人生を楽しむ秘訣であったのかもしれない。

日本においても、『剣客商売』、『鬼平犯科帳』、『仕掛人・藤枝梅安』、『真田太平記』を含む諸作品に江戸料理を散りばめた池波正太郎は、『江戸の味を食べたくなって』において、「今日の一食一飲が大事なのだ」（二五七）と説くが、「天災・飢饉や流行病や火事と、何が起こるか分からない社会」（『江戸の食空間』一六六）においても、毎回、心して飲食を味わう態度は、人生を楽しみ存続する秘訣であったことだろう。

料理は、過去との結びつきやルーツを記念するものでもあり、継続を象徴するものとしても重要である。

ユダヤ人の歴史は、三千年以上に及び、世界の大部分の地域と関わってきたが、それぞれの料理は、特殊な地域の独特な歴史的体験を表わしているのである。

ユダヤ人は、迫害や不況を逃れるために、あるいは貿易を求めて、移動を繰り返してきた。彼らの歴史は、まさに移住と流浪、共同体の崩壊・離散・再建の繰り返しである。紀元七〇年の第二神殿崩壊によって始まった流浪（ディアスポラ）において、ユダヤ人は以前住んでいた地域より新たな国々へと料理を移動させた。そうした料理が新たな環境で変容し変形した状態は、ユダヤ人にとって特別な混成物を生み出すに至ったのである。

ところで、ユダヤ人の食べ物は、歴史的に宗教と密接に結びついていると言えよう。戒律によって食べてよいもの、禁じられているものが決められているのである。たとえば、ユダヤ聖書の「レビ記」によれば、動物は、ひずめが分かれて反芻するもの、魚は、鱗と鰭があるもの、鳥類は、鶏や七面鳥など、そして野菜や果物は、それぞれ食べてよい。

いっぽう、よく指摘されるように、豚肉を食べることは、戒律で禁じられているが、それはなぜであろうか。「ひずめが分かれているが反芻しない」という理由の他に、豚肉にはばい菌が含まれており、健康に悪影響を及ぼすと思われていた、というものである。「豚肉を禁じるのは、人の行為が恥ずべき汚らわしいものとならないようにという戒めである」（『生きているタルムード』一三六）とも言う。あるいは、「家畜の中で豚は、人に食べられるためにのみ存在しているように思える。ユダヤ人は、そのような動物を殺して食べることを、いさぎよしとしない」（『ラビ・スモールとの対話』一一九、『火曜日、ラビは怒る』一九六）とも言う。これは、なるほどと頷けよう。というのは、ユダヤ教には動物に対する慈悲が込められており、たとえば、「子やぎをその母の乳で煮てはならない」（「出エジプト記」二十三章十九節、三十四章二十六節、「申命記」十四章二十一節」）、あるいは「あなたがたは雌牛または雌羊をその子と同じ日にほふってはならない」（レビ記」二十二章二十八節）という聖句が見られるからである。したがって、ユダヤ人は狐狩りのような無益な殺生をしないし、動物を殺して食べる際にも、できるだけ痛みを与えず殺すよう特別な訓練を受けた儀式的食肉処理者が存在しているのである。儀式的食肉処理者は、戒律の知識に優れ、信仰心が篤く、屠殺の訓練を受けた者である。そこで、鋭利な刃物でのど笛と頚動脈を切られ一瞬にして殺された動物の肉は、きれいに水で洗われ、さらに塩漬けにされ、血をきれいに抜き取られる。

より具体的には、「まず、肉を冷水に三十分間浸さなくてはならない。それから水洗いをし、次に全体に塩をよくまぶし、斜めにしたまな板に置いて、十分に血抜きをする。一時間後、冷水で三回すすぐ。それで清浄食品になり、料理ができる」（『似た者家族』五一）と言う。

ユダヤ聖書には、血を生命が宿るものと考え、血を食することを禁じる言葉（「創世記」九章四節、

「レビ記」三章十七節、「申命記」十二章二十三節、「サムエル記上」十四章三十三節など）が繰り返し記されているのである。

　戒律によって食べてよい清浄食品は、コーシェルと呼ばれるが、それは、食べ物を「聖化する」試みの結果生まれたと考えたらよい。「私たちユダヤ人にとって、食事は常に宗教儀式のようなものであった」（『ラビ・スモールとの対話』一二五）。もちろん、生きるために食べるのであるが、ユダヤ人にとって生きる意味は、神の戒律に従って暮らし、現世を修復する、というユダヤ教のミッションに身を捧げることである。そのミッションに生きるために食べるのであり、そこで彼らが口にする食べ物は、神の法に適った食事（コーシェル）なのである。

　コーシェルは、いろいろと手間をかけているので、値段は一般の食べ物より高いかも知れない。また、コーシェルは、健康に有益な場合も多いが、肉は血を抜くために塩をまぶしてあるので、高血圧の人には要注意であろう。

　ところで、われわれはさまざまな人生を描く物語を読みながら、しばしば登場人物たちの飲食に注目する傾向がある。それは、村上春樹の作品であったり、ヘミングウェイの『老人と海』であったり、先の池波正太郎の世界であったりするが、誰にとっても飲食は欠かせないものであるだけに、物語にその描写がなされると、われわれは納得し、安心するのではないか。

　日本文学においても、池波正太郎のほかに、食事の描写が魅力的な例は枚挙に暇がない。たとえば、青春を懸命に生きる若者をつづった石坂洋次郎は、『青い山脈』（一九五一）においいて、傾いた家計を立て直すべくリンゴをトラックに載せて運ぶ若者たちを描く。彼らは途中で、「握り飯と干し魚の煮つけとキュウリの丸づけをみんな手づかみで食べた。うまいなあ、とぼくはしみじみ思った」(二七六)。また、同作家の『陽のあたる坂道』(一九六四)では、独身の大学教授が、「ばあやにつめてもらったお弁当を食うことね〔……〕熱いお茶をフーフー吹きながら、四角な形に固まった飯を端から平らげてゆく」(一五六)楽しみを語る。

さらに、村上春樹は諸作品において多様な料理を登場させ、読者の味覚をそそっている。『スプートニクの恋人』(一一三)、『色彩を持たない多崎つくると、彼の巡礼の旅』(一一二)、『東京奇譚集』(一一二)を含む彼の作品の男性主人公たちは、作者自身を反映してか、しばしば自己管理が行き届いており、料理や洗濯をこまめにこなすのである。

生まれつきの体質、幼少時の環境なども関わってくるであろうが、人が生涯を通して健全な飲食物を摂取し続けるか否かは、その人の老いに至るまでの生産性に大きなかかわりを持つことになろう。また、単に生きることを楽しむためにも、健全な飲食物の摂取がいかに大切であることか。

さて、ユダヤ人の料理にはすべて物語が伴う。物語は、住んでいた場所から追い立てられ流浪する民族の失われた世界を表わし、それぞれの料理のレシピは、はるか遠くの村や町の伝統や日常生活を物語っているのである。物語はロマンチックであり郷愁を誘う。失われた世界を思い起こさせてくれ、父祖の記憶を呼び起こし、古い文化を回想させ、それをいつくしむ気持ちをもたらす。それはユダヤ人のアイデンティティにも関わるものである。

ユダヤ人のアイデンティティとは、彼らが経てきた歴史的な重要体験や歴史のつながりの混交である。「民族としてのアイデンティティは、ベーグルやチキン・スープやアインシュタインやバーブラ・ストライサンドや世界のユダヤ人がほぼ同時刻に同じ行動に従事する懺悔の日（ヨム・キプール）やイスラエル訪問などに関わる」（『ユダヤ人を救う四十カ条』一一）とジョエル・クリシェイヴァーは言う。ただし、これは一つの見解であって、ユダヤ人のアイデンティティを形成するものには、さまざまな要素が入り混じっていることであろう。

本稿では、ユダヤ料理の歴史的な起源やその発展を探り、ユダヤ系文学とビジネスに絡めて、生きるうえでの食べ物の重要性を考えてゆきたい。

1 よく知られたユダヤ料理

よく知られたユダヤ料理にベーグルがある。ベーグルは、東欧ユダヤ人の言語、イディッシュ語の"beyg"（曲げる）からきていると言うが、それはかつて貧しい東欧ユダヤ人にとって貴重なご馳走であった。今日では「ベーグルは、ユダヤ人がクリームチーズや燻製のサケを合わせてよく食べるドーナッツ状のロールパンで、オニオン・ロールと同じようにユダヤ人の好物である」（『ユダヤ人五〇〇〇年のユーモア』一一七）。さらに「ベーグルやチキン・スープは、ユダヤ人の食べ物としてよく知られている」（『ユダヤ人を救う四十カ条』一一）。また、「ベーグルを食べると、残るものは穴である」（『ユダヤ箴言の宝典』八五）と言うが、ベーグルの丸形は、始まりも終わりもない「完全な」形であり、縁起の良いものと見なされる。それを食べると「残るものは穴である」ならば、穴の空間を埋めるために、比ゆ的な意味でそこからまた際限のない探求が続くのであろう。

また、ボルシチは、『新イディッシュ語の喜び』にも言及されているように、安価な砂糖大根（ビート）やキャベツの入ったスープである。サワークリームを入れたり、刻んだジャガイモやきゅうりを混ぜることもある。温かい、また冷ましたボルシチが食卓に出される。ボルシチは、特に「ロシア系ユダヤ人の好物である」（『ユダヤ五〇〇〇年のユーモア』四二）と言うが、迫害や流浪を背景とした『レアの旅路』にも冷ましたボルシチを持参したロシアでのピクニックが描かれている（四〇六）。ちなみに、「卵一個は、皿一杯のボルシチを白色に変える」（『ユダヤ箴言の宝典』二六六）と言うが、それは影響力の浸透を比ゆ的に表現している。

いっぽう、『アダム・チェルニアコフのワルシャワ日記』にワルシャワ・ゲットーで「サンドイッチと、ジャガイモの入ったボルシチが配給された」（一八九）とあるが、これは第二次大戦中の悲惨なワルシャワ・ゲットーの記録である。

『ユダヤ箴言の宝典』によれば、「安いボルシチは歯のないものには恵みである」（一二六）、「ボルシチを食べるのに歯は不要である（三五四）、「思索にふけっている学者は、ボルシチが赤色であることもご存じない」（四〇三）など、ボルシチにまつわる表現は少なくない。

2　好まれる野菜

それでは、ユダヤ人がよく食べる野菜はなんであろうか。

まず、キャベツは東欧のアシュケナジ系ユダヤ人にとって、古来なじみのある野菜であったという。ジャガイモを入手できるようになるまで、にんじんを除けば、彼らが唯一食べられた野菜は、安いキャベツであった。そこで、東欧に散在したユダヤ人町（シュテトル）では、どこへ行ってもキャベツを発酵させる強烈な匂いが漂っていたのである。

やがて東欧ユダヤ人は差別や迫害を逃れ、渡米して新生活を求めた。移民した彼らの多くが最初に住んだ地域は、第五章で述べたマンハッタンのロウアー・イーストサイドであったが、そこでもキャベツや、にんにく、魚のすり身団子（ゲフェルテ・フィッシュ）の匂いが漂っていた。また、ロウアー・イーストサイドの通りを行き交う行商人の手押し車より匂ってくるものは、焼き栗や漬物や湯気の立つサツマイモや香辛料を入れたひよこ豆の煮込みであった（『ロウアー・イーストサイドの思い出』五）。

その後、ロウアー・イーストサイドには中国系やヒスパニックが進出してゆくが、そこでは今日でもまだユダヤ商店が残っている。たとえば、「ガスの漬物屋」や「キャッツ・デリ」であり、また、「サミーのステーキ・ハウス」は、みすぼらしい外見や内部の混雑にもかかわらず、昔日を偲ぶ旅行者を惹きつけている。

さて、キャベツのほかに、輪切りにしたにんじんは、何を象徴するのであろうか。東欧の民間伝承によれば、それは、「金貨」を連想させ、また、にんじんのツィメス（副菜のこと）と呼ばれる料理は、繁栄や幸運を象徴するものとして、ユダヤ人の新年（ロシュ・ハシャナ）に欠かせない。ツィメスとは、蜂蜜や砂糖で甘く調理された野菜である。にんじんやジャガイモやプルーンなどが材料となる。ツィメスに含まれる蜂蜜や砂糖は、「新年が甘美なものであるように」という願いを象徴しているのである。

ところで、蜂蜜と言えば、東欧のシュテトルにおいて、幼年学校（ヘデル）の初日に、親や教師は三歳児に蜂蜜を与え、「学問は甘美なものである」と三つ子の魂に諭したという。教育を重視したユダヤ人ならではの話である。

アイザック・バシェヴィス・シンガーのホロコーストを背景とした愛欲の物語『メシュガー』でも、ロシュ・ハシャナにおいて語り手アーロンは、「蜂蜜のついた編みパン（ハラー）を食べ、新年がとても甘美なものとなりますように、また、にんじんを食べ、私たちの長所や美徳がますます増えますように、と唱えている」（一七〇）。

貧しいユダヤ人たちは、ジャガイモを入手できるようになると、それによって命をつないだのである。なお、ジャガイモを用いた柔らかい菓子として、ジャガイモのプディング（クーゲル）があるが、『ユダヤ箴言の宝典』には「クーゲルを作れない妻は離婚せよ」（一六七）という厳しい言葉が散見される。

また、クニッシュは、すりつぶしたジャガイモ、たまねぎ、刻んだレバー、またはチーズが詰まった小さなパンである。『レアの旅路』でも「ジャガモを詰めたクニッシュを食べた」（一四〇）と記されてある。

さらに、ユダヤ人は、玉ねぎとにんにくが好きである。「出エジプト記」において、砂漠を流浪するユダヤ人たちは、エジプトで食べていた玉ねぎやにんにくを懐かしんだことであろう。アイザック・バシェヴィス・シンガーの童話『シュレミール、ワルシャワに行く』の中で、ワルシャワまで徒歩旅行をする薄幸の男（シュレミール）は、「二、三切れのパンと、玉ねぎやにんにく」（一〇〇）を道すがら食べるために持ってゆくのである。ちなみに、「オニオン・ロールはユダヤ人の好物で、たまねぎの香りがついたパンだ」（『ユダヤ人五〇〇〇年のユーモア』一一七）。

次にきのこについてだが、きのこ採りは、かつて東欧で「日々十六時間」も聖典学習に打ち込んでいたユダヤ人男性を、まれに自然へと連れ出す機会になったという。『金のないユダヤ人』にもきのこ採りの描写が見られる。貧民街に住む主人公マイクの家族は、自然を求めてブロンクス・パークへ出かける。そこで故郷を思い出し、生き返ったようにきのこ採りに夢中になる母親の姿を、子供たちはまぶしそうに眺めるのである。

野菜を漬物にした場合であるが、「ユダヤ人家庭ではどこでも地下室に少なくも二つの樽を置いていたという。それらは、キュウリとキャベツ（ザウアークラウト）の漬物用であった。それを彼らは一年中食べていたのである」（『ユダヤ料理の本』一六三）。

前述したように、かつてユダヤ移民が多く住んでいたマンハッタンのロウアー・イーストサイドには、今日でも「ガスの漬物屋」が残っており、店先にはたくさんの樽が並んでいる。

ところで、漬物に関して日本の場合と比較してみると、「野菜、山菜から野草、木の芽までを数十種類の塩漬けにしてしまう才能。この塩漬けのほかに、粕漬、奈良漬、味噌漬、混合漬と、日本人は無類の風味芸術の腕を振るって、世界一の漬物国となった」（『明治の文化』三五）と誇らしげに語られている。

さらに、浅漬けは、大根などを塩やこうじ（または塩やぬかで）あっさりと漬けたものであるが、「大根、大根の葉、切り昆布、柚子の皮を切って、ボウルに入れ、塩を加え、軽くもみ、ビニール袋に入れて一時間ほど置く」（『池波正太郎の江戸料理を食べる』九五）という調理法も紹介されている。

また、「冷や飯に沢庵はうまいものじゃ」（『一日江戸人』一五八）と言うが、反対に、熱いご飯を、卵を落とした味噌汁と、沢庵を細かく刻み、白胡麻をかけたものと一緒に味わうおいしさは本当にたまらない（『仕掛人・藤枝梅安』三巻 四一）、と描写されている。

3　肉類に関して

それでは、ユダヤ人が味わう肉類はどうであろうか。

「鶏はユダヤ人の食卓の主人公である」（『ユダヤ人五〇〇〇年のユーモア』五八）。「チキン・スープは、日本人にとってのお袋の味の味噌汁に当たる。その上、疲労はもちろんのこと、風邪から万病を癒す特効薬であると考えられている」（同上一三七）。

伝統的なユダヤ料理は、スープなしに終わらない。これは、しばしば言われることである。安息日の伝統的な料理は、チキン・スープであり、それに続いて煮た、またローストしたチキンが供される（『ユダヤ料理の本』一二一）。

また、「ユダヤ教に無知なユダヤ人とは、チキンの入っていないチキン・スープのようなものである」（『ユダヤ教への誘い』三八二）と言う。つまり、日本に生まれたからといって、努力しないで日本人になれるわけではないのと同様、日本人にせよ、ユダヤ人にせよ、生涯学習を通してそれぞれの精神の核、アイデンティティを磨いてゆくのである。健全な肉体を維持するためにはバランスのよい食事が大切であると同様、健全なアイデンティティを構築するためにはそれぞれの領域よりバランスの取れた摂取が必要であろう。

また、クレップレフという三角形または正方形の肉入り団子もある。チキン・スープなどに入れて出される。ユダヤ人は、肉団子（ミートボール）も好きである。

クレップレフが食べられなくなった子供に対して、精神科医はクレップレフを作る過程を体験させたら治るという。しかし、子供はその過程を楽しんだが、治療効果は無かったらしい（『ユダヤ人のユーモア百科事典』二七五）。

「おいらは何をしていたらいいんだい？　クレップレフでも食べていろと？」（「馬鹿者ギンペル」）。妻エルカの浮気に翻弄されるギンペルの戸惑いを表わしている。

鶏やアヒルなどを飼育することは、ドイツや東欧においてユダヤ人の伝統的な仕事であった（『ユダヤ料理の本』一二〇）。そこで、鶏は、常にシュテトルの世界に存在しており、東欧ユダヤ人のいくつかの儀式で重宝されていた。また、鶏は、ユダヤ人共同体の懺悔の日（ヨム・キプール）で食事に出された。

戒律にかなった食事をするときでも、動物に対する憐れみの気持ちを持たなければならない（『ユダヤ人五〇〇〇年のユーモア』一〇五）。前述したように、動物を殺すときは、できるだけ痛みを与えないように、鋭利な刃物で頚動脈をすばやく切断するのである。ただし、戒律にかなった肉は、血抜きをしてあるので、たいてい硬い。

パンケーキ（ブリンツ）には肉がつめてある。

牛肉、たまねぎ、豆、ジャガイモ、パプリカなどを含むチョーレントは、安息日に重宝なシチューである。あらかじめ料理して温めておき、料理を含めた仕事が戒律によって禁じられた安息日には、それを食べるのである。伝統的にパン屋のオーブンで温められたチョーレントは、安息日の仕事に雇われた異邦人が、各ユダヤ人の家庭まで運んでくるという（『ユダヤ料理』二九）。

4　飲み物

ユダヤ人は一般に酒に酔いつぶれることは滅多にないが、例外は、「エステル記」にちなむプーリム祭において飲む場合である。これは、邪悪な大臣ハマンが企てたユダヤ人抹殺の陰謀を、機知に富んだユダヤ人王妃エステルが打ち砕いたことに由来する祭りである。「憂いから喜びに変わり、悲しみから祝日に変わったので、酒宴と喜びの日とする」（「エステル記」九章二十二節）。

ただし、ユダヤ人はワインとの交わりが多い。ワインはユダヤ人の生活において特別に神聖な位置を占めている。それは、金曜日の夕方から土曜日の夕方にかけた安息日を初めとして、過ぎ越しの祭りにおいてグラスに四杯、結婚式において二杯、そして割礼の儀式において一杯のワインが飲み干されることである。いっぽう、割礼を受ける生後八日目の男児は、口にワインを含めた布をあてがわれるので、そのときに最初のワインの味を知ることになる。なお、ワイン・グラスは家族の幸福や聖化を象徴している。

そして、ユダヤ聖書にもワインやぶどうに関する記述が見られる。

「あなたは行って、喜びをもってあなたのパンを食べ、楽しい心をもってあなたの酒（ワイン）を飲むがよい」（「伝道の書」九章七節）。

「ノアは農夫となり、ぶどう畑をつくり始めた」（「創世記」九章二十節）。

「わたしはあなたを、まったく良い種のすぐれたぶどうの木として植えた」（「エレミヤ記」二章二十一節）。

また、「詩篇」百四章十五節では、「ぶどう酒が人の心を喜ばせ」ることを神に感謝している。

いっぽう、（コーヒーの代用となる）チコリは、イタリヤのユダヤ人が大変好んだ。サラダとして食べ、また料理に用いられたとき、少し苦いが心地よい風味をかもし出したのである（『ユダヤ料理の本』五一一）。

5　菓子、パン

アイザック・バシェヴィス・シンガーは、作品にしばしばレーズン入りのパン菓子バブカを描いている。「僕たちは紅茶を飲んでバブカを食べた」（『メシュガー』二一）。「バブカを食べるのは怖いな。コレステロールが心配だからね」（『熱情』所収の「サム・パルカとデイヴィッド・ヴィシュコーヴァー」一三二）。

次に、クレープのようなブリンツもある。ロウアー・イーストサイドで貧しい生活を送っていた似た者家族が、ようやく山の手に引っ越した場面で「家族はその夜、テーブルの周りに座り、伝統的なブリンツを食べた。それは甘いチーズを詰めたパンケーキであり、みんなのお好みだった」(『山の手の似た者家族』一四四)とある。

東欧のアシュケナジ系とセファルディ系のよく食べるパンの違いは、興味ぶかい。アシュケナジ系は蜂蜜をつけた編みパン(ハラー)を食べ、「新年がとても甘美なものとなりますように」と唱えた(『メシュガー』一七〇)。また、「安息日にはハラーを焼き、日没前にろうそくをともした」(『レアの旅路』四三七)。いっぽう、スペインやポルトガル出身のセファルディ系は、ハラーのような安息日のパンを食べないし、日常食のパンも同じではない。セファルディ系が最もよく味わうパンは、袋状になるアラブ系の平らなパンであり、ピタと呼ばれる(『ユダヤ料理の本』五四九)。ファラフェルは、イスラエルの国民的な食べ物である。外面はぱりぱりしているが、中身はとても柔らかだ(同上二七三)。

さまざまな練り粉菓子は、人々が習慣的に集まる結婚、婚約、沐浴の儀式、そしてあらゆるユダヤ人の祝祭において、常に出されていた。甘いものは歓喜や幸福の象徴であった(同上五七九)。ちなみに、ユダヤ人は歴史的に砂糖の取引に携わっていたという。

アメリカのミルウォーキーに住む人々は、ニューヨークのロウアー・イーストサイドを訪れ、ユダヤ文化の象徴としてライ麦パンを土産に持ち帰る(『ロウアー・イーストサイドの思い出』九)。「パストラミ・サンドウィッチは、ユダヤ人の好物である」(『ユダヤ人五〇〇〇年のユーモア』一八八)というが、歌手、監督、女優などマルチ・タレントであるバーブラ・ストライサンドは、何百万ドルともいわれる年収についてインタビューされたとき、「あら、私だってパストラミ・

サンドウィッチを一度に一つ以上食べられないわ」と答えたという（『ユダヤ人の機知』一〇二）。

葬儀において遺族は、一週間の服喪期間に訪れるたくさんの親戚や友人たちを接待しなければならない。弔問者は、葬儀のつらさを和らげる菓子や果物やワインを持参するのである（『最後の怒れる男』二〇九）。

デザートの一例としてはココナッツ・ミルクの入ったパンのプディングもあるが、牛乳の代わりにココナッツ・ミルクを用いることで、ユダヤ人は肉を食べた後でも（肉と牛乳の摂取には時間を置かなければならないという戒律を気にせず）プディングを味わうことができた（同上五七五）。

6　魚について

アンジア・イージアスカの『パンをくれる人』には、ユダヤ人が好むニシンに関しての逸話が含まれている。主人公サラは、苦学の果てに晴れて大学を卒業し、懸賞論文で一位の賞金千ドルを懐にロウアー・イーストサイドに戻るところである。そこで「バターをつけないパンにニシンや漬物を乗せて食べる代わりに、チョップとほうれん草とサラダを注文した」（二三七）。また、『レアの旅路』でも主人公は、イスラエルの集団農場（キブツ）に到着し、「サラダやチーズやニシンの朝食をたんまり食べた」（四三七）。

鯉は安息日の象徴であったが、塩漬けニシンは平日用であった。安息日には鯉などの魚のすり身団子（ゲフェルテ・フィッシュ）を食べるが、平日にはニシンを食べる。したがって、「平日にそんな素晴らしい鯉を食べるのは悪いと思ったが、安息日にはどんな豪華な魚を食べても大丈夫だ」（『ユダヤの童話』一七八）。

しかし、貧しい人々にとっては塩漬けニシンすらごちそうだった。マイケル・ゴールドの『金のないユダヤ人』において、貧しい主人公の五歳の誕生日に集まった貧民街の人々は「ブランデーを飲み、ニシンを食べ、歌ったのである」。

同じく『金のないユダヤ人』において主人公の安アパートに家賃も払わず七カ月間も居続けたケチな間借り人は、節約するため朝食にロールパン一個と水、昼食にロールパン一個と三セントのニシンを食べ、決まって夕食時に職場より戻り、取り決め以上の夕食を安アパートの家族にねだったという。

ところで、これはニシンにまつわるユーモアである。アイルランド系警官とユダヤ人雑貨商の会話。「なぜユダヤ人はこんなに優秀なんだい」「ニシンをたくさん食べているからですよ」「じゃあ、俺にも売ってくれ」。数カ月後。「おい、角の店では、もっと安く売っているじゃないか」「申し上げたでしょ。ニシンが効いてきましたね」（『ユダヤ人のユーモア百科事典』二四四）。

第五章でも触れたロンドンのイーストエンドは魚取引の一大拠点であり、それをユダヤ人は一手に握っていたのである（『ユダヤ料理の本』一〇五）。

魚は水中にいるので、（災いをもたらす）「邪眼」より逃れられると思われていた（同上三二六）。また、ユダヤの伝承によれば、魚は豊穣と出産の象徴である。

新年に魚は尾頭付きで出される。それは、「ユダヤ人は尻尾でなく先頭に立つように」、あるいは「善行面で秀で、他の模範となるように」という願いからである。

主人公は菜食主義者であるから、鯉の尾頭付きに手を出さなかったが、フレイドルが座ってそれを食べ始めたとき、彼女に代わって祈りを唱えた、「今後、僕たちは尻尾でなく先頭に立ちますように」と（『メシュガー』一七〇）。

7　穀物

ユダヤ人の結婚式や成人式（バル・ミツヴァ）のような華やかな機会には、食卓に穀物がピラミッド型に積まれ、飾り物が置かれ、甘い料理の付け合せや添え料理も出されるが、それは甘みが幸福を象徴しているからである（『ユダヤ料理の本』四八八）。

水や牛乳やだし汁で料理された穀物を、ロシアではカシャと呼ぶ。カシャは、肉と一緒に添えて、また、乳製品の料理の一部として出される。また、カシャにきのこを混ぜたものは、よい取り合わせである。

『メシュガー』で主人公は、ワルシャワ時代に好んだ料理として、カシャを味わっている。また、その作者アイザック・バシェヴィス・シンガー自身もカシャを好み、何をもってしてもその好みが変わることがなかったという(『夢幻の師』五一)。ポーランドやウクライナでは、貧しき人々の間でカシャは大人気であった。とても安かったからだ(同上五一)。

バーナード・マラマッドの短編「白痴を先に」において病で死にかけたメンデルは、知的障がい者の息子アイザックをカリフォルニアのおじのところへ送り届けようと奮闘する。しかし、死の天使ギンズバーグが二人を追い回し、二人が入ったカフェテリアでは太った男に化け、カシャを食べている。

いっぽう、セファルディ系にとって、必需食品は米である。米はほとんど毎回の食事に出てくる(『ユダヤ料理の本』四四五)。

精米を含んだミルク・プディングは、中東ではどこでも食べられる。それは、ユダヤ人にとって、乳製品の食卓では万能デザートであり、プーリム祭や五旬節では伝統的な甘い料理である(同上五七〇)。

セファルディ系にとって毎日食べるデザートがあるとしたら、まさにそれはライス・プディングだ。熱くして、あるいは冷まして食べてもよい。朝食に、また、肉を含まない軽食の後で夕方に、あるいは日中、客が見えたときに味わう(同上五七一)。

おわりに

ラビ・マーヴィン・トケイヤーの『日本には教育がない』には、以下の言及が見られる、「ユダヤ人の母親は、毎日、新しい料理を実験的に作ってみる。彼女は毎日、実験を繰り返す。好奇心があるのだ。そして子供は、何事にも感染しやすい」（一四五）。

ソーク・ワクチンを発明して、小児まひの脅威から人類を救ったジョナス・エドワード・ソーク博士は、回想している、「自分はソーク・ワクチンを発見するまで何千回も実験を試みなければならなかった。私がこのように実験精神を持ったのは、母親が毎日、違う料理を作ったからである」と（同上一四七）。教育熱心であるのはユダヤ人の特質であるが、これは料理がユダヤ人の教育に深い関係を持った一例である。

ユダヤ人にとって、一家の主婦が用意する安息日や祝祭日の食べ物、そしてシュテトルやゲットーで味わった料理などは、一生の思い出となって残ることであろう。

本章で取り上げたベーグルなどのユダヤ料理は、たとえば、ニューヨークなどで人気を博し、日本でも専門店ができるほど世界に広まっているのだ。

引用・参考文献

Blech, Benjamin. *The Complete Idiot's Guide to Understanding Judaism*. New York: Alpha, 2003.

Cowan, Lore & Maurice. *The Wit of the Jews*. Nashville: Aurora Publishers, 1970.

Crishaver, Joel Lurie. *40 Things You Can Do to Save the Jewish People*. Los Angeles: Alef Design Group, 1993.

Diner, Hasia R. *Lower East Side Memories*. New Jersey: Princeton UP, 2000.

Friedlander, Gerald. *Jewish Fairy Boo*k. New York: Core Collection Books, 1920.

Gold, Michael. *Jews Without Money*. New York: Avon Books, 1965.

Goldin, Judah. *The Living Talmud*. New York: A Mentor Book, 1957.

Goldrich, Gloria. *Leah's Journey*. New York: Harcourt Brace Jovanovich, 1978.

Green, Gerald. *The Last Angry Man*. London: Longman, Green & Co., 1957.

Hemingway, Ernest. *The Old Man and the Sea*. New York: Charles Scribner's Sons, 1952.

Hilberg, Paul. et.al. eds. *The Warsaw Diary of Adam Czerrniakow*. New York: Stein and Day,1979.

Kemelman, Harry. *Tuesday the Rabbi Saw Red*. New York: Fawcett Crest, 1973.

——. *Conversations with Rabbi Small*. New York: Fawcett Crest, 1981.

Leonard, Leah. H. *Jewish Cookery*. New York: Crown Publishing, 1949.

Malamud, Bernard. *Idiots First*. New York: Farrar, Straus & Giroux, 1963.

Roden, Claudia. *The Book of Jewish Food*. New York: Alfred A. Knopf, 1997.

Rosten, Leo. *Treasury of Jewish Quotations*. New York: Bantam Books, 1972.

——. *The New Joys of Yiddish*. New York: Three Rivers Press, 2001.

Singer, Isaac Bashevis. *Gimpel the Fool & Other Stories*. New York: Farrar, Straus & Giroux, 1957.

——. *When Shlemiel Went to Warsaw & Other Stories*. New York: Farrar, Straus & Giroux, 1968.

——. *Passions and Other Stories*. Middlesex: Penguin Books, 1970.
——. *Scum*. New York: Farrar, Straus & Giroux, 1991.
——. *Meshugah*. New York: A Plum Book, 1994.
Spalding, Henry D. ed. *Encyclopedia of Jewish Humor*. New York: Jonathna David Publishers, 1969.
Taylor, Sydney. *All-of-a-Kind Family*. New York: Follett Publishing Company, 1951.
——. *More of All-of-a-Kind Family*. New York: A Yearling Book, 1954.
——. *All-of-a-Kind Family Uptown*. New York: A Yearling Book, 1958.
——. *All-of-a-Kind Family Downtown*. New York: A Yearling Book, 1972.
——. *Ella of All-of-a-Kind Family*. New York: A Yearling Book, 1978.
Telushkin, Dvorah. *Master of Dreams*. New York: Perennial, 2004.
Yezierska, Anzia. *Bread Givers*. New York: Persea Books, 1975.
池波正太郎『食卓の情景』新潮社、一九七三年。
——『散歩のとき何か食べたくなって』新潮社、一九七七年。
——『剣客商売』一〜十二、新潮社、一九七三‐八〇年。
——『真田太平記』一〜十二、新潮社、一九七四‐八三年。
——『むかしの味』新潮社、一九八四年。
——『鬼平犯科帳』一〜十七、文藝春秋、一九八八‐二〇〇〇年。
——『仕掛人・藤枝梅安』一〜七、講談社、二〇〇一年。
——『江戸の味を食べたくなって』新潮社、二〇一〇年。
石坂洋次郎『青い山脈』新潮社、一九五一年。
——『陽のあたる坂道』角川文庫、一九六四年。

色川大吉『明治の文化』岩波書店、一九七〇年。

大久保洋子『江戸の食空間』講談社、二〇一二年。

杉浦日向子『一日江戸人』新潮社、一九九八年。

『聖書』日本聖書協会、一九五五年。

トケイヤー、マーヴィン『日本には教育がない』加瀬英明訳、徳間書店、一九七六年。

――『ユダヤ人五〇〇〇年のユーモア』助川明訳、日本文芸社、一九九八年。

野崎洋光、重金敦之『池波正太郎の江戸料理を食べる』朝日新聞社出版、二〇一二年。

村上春樹『スプートニクの恋人』講談社、二〇〇一年。

――『東京奇譚集』、新潮文庫、二〇〇五年。

――『色彩を持たない多崎つくると、彼の巡礼の旅』文藝春秋、二〇一三年。

ロステン、レオ『新イディッシュ語の喜び』広瀬佳司監修、大阪教育図書、二〇一三年。

第８章　イスラエルのハイテク農業

はじめに

筆者は、「千葉県のチベット」と某新聞で揶揄された房総の山間部に生まれ、高校卒業時までは家族の農業を手伝い、また、今日に至るまで帰郷する毎に山畑で汗を流してきた。現在、子供時代より親しんだ農業を嫌うわけではないが、ひとつの問題に直面している。それは、猪や猿や鹿など、農作物を食い荒らす害獣である。

そもそもいかに害獣問題は発生したのであろうか。振り返ると、近隣の雑木林が伐採され、その跡地にゴルフ場が建設されたこと。そして林業に携わる人々が高齢化し、山林が省みられず荒廃していること。これらが、原因ではないか。山林の疲弊によって、獣たちの食料が減少し、空腹を抱えた彼らは、里に出没するようになり、畑作物の味をせしめた。それが今日、農業従事者の苦難へとつながっているのであろう。これは、筆者の故郷だけの出来事ではなく、いまや国中に拡大された難問である。

それでは、害獣問題に対して、全国的にいかなる対応がなされているのであろうか。畑をビニールハウスで囲み、そこに獣よけの電流を流すことも、費用はかかるが、一つの対策であろう。しかし、皮肉なことに、必死になった獣たちはどこかに抜け穴を見つけ出し、侵入してくるのである。その上、彼らの味覚は年々発達しているようであり、昨年は見向きもしなかった野菜を、今年になればむさぼり食う。さらに、こうした食べ物の多様化は、彼らの繁殖力を高めているようであり、その反面、農家では栽培可能な作物が先細りして頭が痛い。

そこで筆者は思う。獣たちをここまで追い詰めた原因は人であるから、それをなんとか償えないものであろうかと。たとえば、老いて余暇のある人々が、荒廃した雑木林を共同出資で購入し、そこに多くの柿や栗や桃などを植えるのである。「桃栗三年、柿八年」という。獣たちには、やがて実るそうした果樹で腹を満たしてもらい、それによって彼らがわざわざ里にまで出てくる気概をくじくのである。ちなみに、この方策は、害獣問題を緩和するかもしれないし、人にとっては自然管理に従事しつつ老いを生産的に生きる道となろう。このような対策は、地域によっては始まっているのであろうか。あるいは、これは机上の空論に過ぎないのであろうか。

たとえ夢物語と笑われようとも、筆者の考えの源は自然との共生である。自然を支配しようとする思想は誤りであり、（日本や海外の文学にも時折描かれるように）自然との共生こそが本道なのではないか。たとえば、レイチェル・カーソンの『沈黙の春』（一九六二）に見られる思想である。そこでは、核物質の飛散、水質や空気の汚染によって、小鳥が犠牲になり、春になってもさえずりが聞こえてこない。そうした寂しい状況になっても良いのか、とカーソンは警鐘を鳴らす。カーソンは、環境汚染をもたらす農薬を使用する代わりに「天敵」を活用する農法を提唱しているが、たとえば、カーソンが論じる蜘蛛は、その十八カ月にわたる生涯において、人にとっての害虫を二千匹も食べてくれるという（一二五五）。これは、われわれにとって蜘蛛に対するいとおしさを感じさせる描写ではないか。また、十九世紀のアメリカ作家ヘンリー・デイヴィッド・ソローの著作『ウォールデン』（一八五四）や「森林の遷移」（『主要エッセイ』所収）などにも窺えるように、自然の万物は、それぞれ独自の役割を果たしながら相互関連を維持しているのである。そこで、そのいずれかを破壊することは、全体の均衡に悪影響を及ぼし、結局、連鎖によって人の首を絞めることになってゆく。人はこうした悪循環をいかに回避できるのであろうか。

1　イスラエルのハイテク農業

こうした筆者の問題意識は、ここでイスラエルの高度な機械化を誇るハイテク農業へと結びついてゆくのである。イスラエルは、一九四八年の建国以来、依然として周囲のアラブ諸国との緊張関係に苦しみながらも、ダイヤモンド産業、ハイテク産業、そしてハイテク農業など、国家を牽引する産業を発展させてきたが、その中で、筆者は故郷での体験に基づいて、特にハイテク農業に関心を抱く次第である。イスラエルは、国土の三分の二を占めていた砂漠を次第に緑化し、機械化や土壌改良・品種改良などを重ねて生産を効率的に高め、（四〇％前後の日本に対して）九〇％以上という食料の自給率を誇る。これは、周囲を敵に囲まれたイスラエルにおける危機管理の一環と言えよう。

イスラエルは、一九四八年の建国以来、四回にわたる中東戦争、そして多くのテロの脅威を生き延びてきた。そこでは、国内外の戦争あるいは大旱魃など不測の事態に対処するためにも、食料の高い自給率が重要である。

ここでユダヤ人の長期にわたる差別と迫害の歴史を振り返ってみれば、それは危機管理の歴史であったといっても過言ではない。ホロコーストを頂点とした迫害の歴史に対していかに存続を図るかが、民族としても、家族としても、個人としても最重要の課題であったのだ。

たとえば、紀元七〇年以降の流浪（ディアスポラ）において、祖国や神殿を失ったユダヤ人は、神殿に代わるユダヤ教会堂（シナゴーグ）を諸国に建設し、そこを祈り・学習・集い・宿泊の場とした。また、十人の成人男子が集まれば、いずこでも会衆として祈りが可能になるミニヨンの制度をもうけた。さらに、聖書やその注解タルムードを口伝の状態に放置せず、それを筆記して、持ち運びが可能であり、どこででも学習が可能なようにした。それらの聖典を通して、「目に見えない国家」を創造し、それを民族の存続や統一のよりどころとしてきたのである。これらは、故国を喪失したユダヤ人が取った危機管理の例である。

さて、イスラエルでは、一九一〇年頃の移民開拓の初期、「乳と蜜の流れる国」という聖句のイメージとは裏腹に、荒涼とした大地においてマラリア蚊のはびこる湿地開拓に苦労し、多くの犠牲者を出した。その惨状は、ノーベル文学賞作家アイザック・バシェヴィス・シンガーの『メシュガー』（二二四）にも言及されている。そこで、オーストラリアよりユーカリの樹を導入したのである。ユーカリは、百メートル以上にも伸びる常緑樹であり、その太い根は湿地より多量の水分を吸収してくれる。結局、アラブ人たちが「ユダヤ人の樹」と呼ぶようになったユーカリによって、湿地開拓は達成されたのである。

いっぽう、前述したように、イスラエルには砂漠が多いが、その深い地層よりくみ上げられた水は塩分を含んでおり、それはある種の魚の養殖に適していることが発見され、そこで砂漠の真ん中で魚の養殖が展開されることになった。また、養分を含んだその水を野菜にかけると、良い肥料となることも分かり、これによって味のよいトマトや果物などが生産されるようになったのである。

さらに、イスラエルの農場ではコンピュータで管理する「点滴農法」が広く実践されている。農場に多くのパイプが設置され、そこに無数についた穴よりコンピュータ制御によってポタリポタリと養分を含む点滴が作物に与えられ、そこでは貴重な水を一滴たりとも無駄にすることがない。

こうした農業の具体例より感じられるように、イスラエルの人々は、一見マイナスの多い状況でただ手をこまねいているのではなく、それをプラスに転化すべくいろいろな創意工夫を凝らしているのである。すなわち、危機的状況における彼らの精神は、半分眠ったような状態ではなく、神のイメージに似せて創造された人の潜在能力を最高に発揮すべく奮闘しているのである。こうしたイスラエルのハイテク農業よりわれわれが学べることは少なくない。

実際、学ぶべき対象は、日本の農業生産の効率化、ハイテク化への道、そして労働人口の高齢化より若年層への移行を含むものであろう（ちなみに筆者の場合は、高齢の、しかも片手間の農業従事者に含まれることであろうが、その状況でいかに生産性を上げ、どの程度のハイテク化を見込めるか、という検討が求められよう）。さらに、日本においては、農業を魅力ある、収益の見込まれる産業に成長させてゆくと同時に、食糧の大部分を海外に依存している身でありながら、「廃棄される食べ物が年に五百万〜八百万トン」（「天声人語」『朝日新聞』二〇一三年七月二八日）もあるという恥ずべき無駄をできるだけ削減し、食料の自給率を上げてゆかねばならない。

そこで、たとえば、鳥取砂丘の場合を眺めてみよう。それは、遠浅の海岸にできた海岸砂丘であり、イスラエルの乾燥地域にできた砂漠とは異なるが、比較の対象にはなろう。新潟砂丘や庄内砂丘に加えて、日本で著名な鳥取砂丘は、いかなる活用が可能であろうか。それはイスラエルの緑化活動と関連付けられるであろうか。

事実、無価値のように思われていた鳥取砂丘は、今日、農業や観光などの経済面で重要な役割を果たし、文化も栄える貴重な財産となっている。

『鳥取砂丘検定』によれば江戸時代には、そこで松の苗木の植林が盛んに行なわれたという。そして、砂丘の農地化は、明治になってからの浜井戸の使用や、戦後のスプリンクラーの導入によって開始された。砂丘を農業に利用するためには、飛砂と乾燥を解決しなければならないからである。そこで鳥取大学農学部の砂丘利用センターの活動があり、砂丘に適したラッキョウが生産され、さらに鳥取大学の試験地では、サツマイモ、大根、ねぎ、チューリップ、スイカ、メロン、ブドウが栽培されているという。

いっぽう、砂丘は、文化財として、また公園として利用が進められ、砂丘がそのままでも貴重な自然であることが認められた。植林や畑地開拓も進められたが、一九五五年頃より、砂丘を訪れる観光客が急増し、鳥取砂丘は観光資源として考えられるようになったのである。

また、一九五六年頃より、中近東方面へ海外学術調査団が送られているというが、この方面でイスラエルとの関係が深まり、そのハイテク農業より学ぶことが期待されるのではないか。

結局、鳥取砂丘の緑化は十分に可能であると思われるが、現状では、観光資源化との均衡を模索しているのであろう。

さて、ここで再びユダヤ人の歴史を振り返れば、彼らは、流浪（ディアスポラ）の状況においてドイツやイタリアやポーランドなどヨーロッパ諸国に同化を求めたにもかかわらず、それらの国々ではしばしば社会の末端に置かれた少数民族として不条理な苦難をこうむり、政治的・経済的・社会的な問題の責任を転嫁され、ヒトラーやムッソリーニやスターリンなどによる虐殺の対象となってきた。特に、ドイツにおいては、アイザック・バシェヴィス・シンガーの兄イスラエル・ヨシュア・シンガーの『カノフスキー家』(一九六九)にも窺えるように、「ドイツ人以上にドイツ人になる」ことに努めたにもかかわらず、ドイツ系ユダヤ人は情け容赦もなくホロコーストの犠牲となっていったのである。このような同化と迫害という悪循環に対応するために、十九世紀よりパレスチナの地にユダヤ人国家建設を目指したシオニズムは、ホロコーストへの同情という世間の後押しも受けて、紆余曲折の果てについに一九四八年、イスラエル建国を果たしたのである。

ただし、当時の社会背景を織り交ぜて執筆された『ロスチャイルド自伝』は言う。「ユダヤ人に関することで、通常の経過を辿るものはひとつもない。イスラエルの短い歴史も例外ではない。生まれたばかりの、いかなる国民が、三〇年の間に三度の戦争に直面し勝たねばならず、人口を五倍にする大量の移民を受け入れねばならず、最も進歩した国々に伍して工業を打ち立てねばならなかったであろうか」(三二三)と。これが書かれた時期は二〇一五年の今日より三〇年も前であるが、ここに述べられている内容は、イスラエルの現況を依然として端的に物語っていると言えよう。

すなわち、イスラエルにおいては今日に至るまで必ずしもユダヤ人の生存権が認められているわけではなく、彼らは各家庭において多大の犠牲を払いながら戦争に赴き、切磋琢磨して大量難民を受け入れ、移民を生産的な市民に変え、ハイテク産業やハイテク農業へと従事させるべく教育してきたのである。

2　イスラエルの集団農場（キブツ）

そうした難民たちも従事してゆくイスラエルのハイテク農業を論じる際、特に社会主義思想に基づいて建設された集団農場（キブツ）に注目したい。点滴農法などの技術発展に大いに貢献したのがキブツだからだ。

キブツとは、規模の大小もあろうが、成員の住居や工場や農場を含む共同体で、「私有財産を放棄し最高の質を求めることに専念する農業共同体」（『アップル、グーグル、マイクロソフトはなぜ、イスラエル企業を欲しがるのか?』一〇八）である。『イスラエルを知るための六十章』によれば、今日、約二百七十のキブツが存在していると言う（一四九）。また、キブツの住人は、イスラエルの全人口の一・六％でありながら、キブツはイスラエルの全農業生産の四〇％近くを占める（同上一四九）と言う。こうした生産の効率化は、ハイテク化より生じているに違いない。キブツこそ、ハイテク農業のよい見本であり、かつ、その実験場であると言えよう。

キブツは、イスラエル誕生以前、一九〇九年に創設され、そこでは成員の平等を重視し、主要な議題は全体会議で可決された。キブツは、イスラエルの国家草創期において、荒地の開墾、食料の増産、兵士を養成して国家の防衛にも大きな貢献を果たしたのである。

ルドヴィク・ルイゾーンの『イスラエル』（一九二六）にも描かれるように、初期の状態はひどいものであった。最初のキブツが作られた一九〇九年当時、雨が降れば道はぬかるみ、時にはひざまで泥につかったという。初期には、男性労働者が圧倒的に女性を上回っていたが、その状況において女性も男性同様に肉体労働に従事し、また、ユダヤ人の進出に敵意を抱いたアラブ人の襲撃に対して女性も防衛任務に就いた。さらに、当時は粗末なテントで雨風をしのいでいたが、新婚夫婦でさえ二人の空間を保てる住居環境の取得が困難であったらしい。

また、ジョエル・ブロッカー編『イスラエルの短編』（一九六五）にも言及されるように、キブツは、四回にわたる中東戦争の際に、最も多くの兵士を出した場所であり（二一九）、したがってその犠牲者数も最大であった。さらに、「一九六七年の六日戦争で戦死したイスラエル軍兵士八百人のうちキブツ出身者がその四分の一を占め、人口当たりの戦死者は、全国民平均の六倍に達している」（『アップル、グーグル、マイクロソフトはなぜ、イスラエル企業を欲しがるのか？』一〇八）。キブツの地下には、以前に独立を求めて戦った際の秘密の武器庫が残されてあるという。

さらに、キブツは大量難民の受け入れ先ともなった。イスラエルには諸国より難民が押し寄せたが、その人々を吸収するのにキブツは大きな役割を果たしたのである。たとえば、この世の地獄を経てイスラエルへ到着したホロコースト難民がキブツで新生活を始めるには、多くの困難を伴ったことであろう。ヘブライ語を学び、農業に慣れることを含めて、新たな環境への適応は、容易ではなかった。しかし、ホロコースト生存者は、驚くべき精力を発揮し、危機を越える挑戦を果たしたのである。

いっぽう、アラブ諸国へ離散したパレスチナ難民も多数存在した。残念なことに彼らは政治の道具として扱われ、必ずしもアラブ諸国に吸収されておらず、むしろ難民収容所で悲惨な生活を余儀なくされていた。しかし、やがて彼らは、諸国を移動する中であたかもかつての流浪のユダヤ人のように、教育の重要性を悟り、高等教育を目指してゆくのである。サイード・アブリッシュによれば、「私たち［パレスチナ人］は優れていなければならなかった。ユダヤ人が西洋の国々で、偏見によって機会を平等に与えられず、それを埋め合わせるために他人より優れていなければならなかったのと同じだ」（『アブリッシュ家の人々』一六八）。

さて、キブツでは、ヨーロッパ諸国で農業訓練を受けたユダヤ人たちが移民し、協力して共産的に生活し、各自の強みを活かして効率的に仕事をし、それによって得た余暇を人間らしい営みに費やそうと企画したのである。移民は、イスラエル建国以前の一九二〇〜三〇年代より本格化した。やがて、たとえば、「キブツでの労働後、ロシア系ユダヤ人は分厚い文学書を読み、古典音楽を楽しみ、政治論争に耽ることをこよなく愛するという。いっぽう、ドイツ系は、ゲーテやホメーロスやプラトンを読み、モーツァルトを聴く楽しみを見出している」（『エルサレム紀行』三〇）という状況も生まれた。

キブツでは炊事や育児や洗濯なども共同で行なわれる。各家庭で主婦がそれらに忙殺される代わりに、キブツ内にそれを集中的に行なう場所と要員を確保する。食事は各家庭に配達されるか、あるいは共同食堂に食べに行く。育児は、託児所において訓練を受けた世話係が担当し、子供たちは「幼児の家」で集団で眠りにつく。洗濯物は、配達されるか、各自が出来上がったものを受け取りに行く。これだけで、各家庭における家事や育児や洗濯の時間が省かれ、その分を仕事や学習に充当できるわけである。こうした効率性の探求は、初期キブツの困難な時期を乗り切るための工夫であったが、経営が安定した今日においても継続されている方式である。そもそも各家庭で育児・洗濯や食事の準備をすることは不経済であり、共同で済ませるのであれば、それに越したことはない。生活を営む上で必要な雑事を一括してこなせるのであれば、そしてその際に健康食品や安全な洗剤などが用いられるのであれば、それによって獲得できる時間を食糧増産という優先事項に回せるわけであり、さらに余暇を人間的な教養に振り向けることも可能となる。六十四歳のエステルは言う。「洗濯場は完全に機械化されているので、そこで働く女性は、複雑な何段階もの機械を操作している。仕事が終わった後、親は家事をしなくていいので、時間に余裕がある。夜遅く行なわれるキブツの活動集会や学習会は重要である」（『キブツ　その素顔』一四三）と。すなわち、些事に振り回される生活から解放され、人生を営む上でより重要な項目に力を注ぐことが可能となるのである。

ただし、共同育児に関しては利点もあろうが、幼少時に両親と多くの時間を過ごすことは重要であろう。その点、キブツで成長したアイザック・バシェヴィス・シンガーの孫ノアム・ザミラ氏も子供時代に親から離された寂しさを語っている。今日では親との就寝を含めた育児の改善がなされているという。

さて、それぞれの持ち場において各自が充足した仕事に従事でき、上記のように余暇を人間的な資質向上に活用できるのであれば、次第にキブツは改善され、さらに社会は修復されよう。また、キブツの福祉政策は老人・女性・子供を含めて充実した内容である。たとえば、六十九歳のアシェルは言う。「人間が年をとってゆくには最高の場所で、生まれてから死ぬまで、こんな良い医療ケアを受けられるところは、ほかにない」（『キブツ　その素顔』二九九）と。また、ノーベル賞作家アイザック・バシェヴィス・シンガーの息子イスラエル・ザミラ氏は、イスラエルで著名なジャーナリストであり、シンガーの諸作品をヘブライ語訳し、その回想記（『父アイザック・バシェヴィス・シンガーへの旅』一九九四）を出版しているが、（上記のノアム・ザミラ氏の話によれば）彼のキブツ生活は、八十三歳にして三日に及ぶイタリアのシンガー研究会に参加し、講演を行なうことを可能にしたという。

キブツの内部は、豊かな自然美にあふれ、建物は集会所や食堂を中心に配置され、そこから住居や職場や学校へはすべて徒歩圏内である。また、病院や保健センター、図書館や劇場や映画館、保育園などは、すべて整備されている。したがって、いろいろな面でキブツは一種の楽園と呼べるであろうし、地上で最も長続きしているユートピア構想と言えるかもしれない。

また、今日、多くのキブツでは観光業にも乗り出しており、キブツ・ホテル・チェーンも設立されている（『イスラエルの宿泊施設』四二）。観光業は、イスラエルの重要なビジネスであり、それは流浪する世界の同朋との架け橋にもなっている。そこでイスラエルの人々は、観光者のためにしばしば家庭を開放しているという（同上五）。すなわちキブツを含めたイスラエルの観光業には、一般家庭も積極的に参加している模様である。そこでこの制度を活用すれば、イスラエルを訪れる観光客は現地の人々との触れ合いが十分可能であろう（翻って、日本からは毎年多数の観光客が諸外国に出かけてゆくが、その中のどれほどが現地の人々との交わりを体験しているのであろう。また、いわゆる案内つきの団体旅行には、現地の人々との交流企画が含まれているのであろうか）。

ところで、ここで問われるべき事項がある。それは、キブツがそれほど素晴らしい楽園であるのならば、なぜイスラエルにさらに多くのキブツが出現しないのであろうか、という問いである。その答えを見出すために、日本の「新しき村」の実験を比較の対象としてみたい。

前述したように、ユダヤ人によるパレスチナ開拓は、一九二〇～三〇年代に本格化したというが、日本で当時の人気作家、武者小路実篤が同士と共に「新しき村」の土地探しを開始したのは、一九一八年であった（『新しき村の創造』vi）。

当時を振り返れば、十九世紀のアメリカ作家ヘンリー・デイヴィッド・ソローがウォールデンの森で単独に試みたこと、すなわち、簡素な生活で衣食住をまかない、多くの時間を人間らしく生きようとした試みを、武者小路たちは宮崎県日向で実践しようとしたのであった。ただし、武者小路をはじめとして、一行の農業技術は、必ずしも優れたものではなく、農業機械への関心も不十分であったようである。その結果、開拓初期は、米が収穫できず、麦のおかゆで飢えをしのぐなど、食事はひどいものであった。後に「新しき村」は、本部を埼玉県毛呂山町に移してゆくが、「新しき村」が採算を取れるようになった時期は、「創設四十一年目の一九五八年」(『新しき村の創造』ⅱ)であったという。紆余曲折はあったにせよ、武者小路の掲げた理念は、せっかく与えられた生命であるから、人類の前進のためにささげ、新しい人間像と理想の村の様式を構築することであった。それは、ユダヤ教のミッションである「現世の修復」と共通する理想であったかもしれない。

日本の四国くらいの面積しか持たないイスラエルでキブツが二百七十も存在しているという事実は、いわば武者小路の「新しき村」がそれだけの数できたということであろうか。国土面積を比較したとき、それは素晴らしい達成であると言えるのであろうか。それとも、なぜさらに増えないのだろうか、という疑問を呈することは的を射ているのだろうか。

キブツのような共同体が結束して運営されてゆくためには、小規模にとどまることが有益であろう。大規模化されると、どうしても規律が緩み、キブツの運動そのものが歪んでしまう。日本において武者小路が試みた「新しき村」の運動が宮崎県と埼玉県に拠点を構えた事実を、イスラエルにおいて二百七十ものキブツが建設されたことと比較すれば、これは大きな達成と言えるのではないか。そして、成果の大小は別にしても、キブツや新しき村が目指す理想は、良き様式として今後も生き続けることであろう。

ところで、権利と義務を伴うキブツの正式な成員になるためには、一年間の見習い期間を経て、総会で投票によって決定されるという。キブツの成員は、各自がその強みを発揮して適材適所で働き、共同体の発展に貢献するよう期待される。その場合、各自の報酬は、仕事の成果に関係なく、平等に分配される仕組みである。成員が大学教授とか、軍隊勤務とか、キブツの外部に仕事を持つ場合もあるが、そこでは一定以上の収入はキブツの会計に入る仕組みである。

ただし、これでは、各自の上昇志向がうまく機能するかどうかと疑問が生じるかもしれないが、実際、キブツにおいて各自の努力に対する報酬は、周囲より受ける賞賛であるという。周囲の目が、本来は利己的であるかもしれない成員の奉仕活動を励まし、全体の福祉のために喜んで働く新しい人間像を形成していると言えよう。比較として、共産主義の中央統括制度は、いくら中央で統括しようとしても、経済の浪費を招き、労働者の自由を奪い、肥大した官僚の腐敗を生じさせ、労働者の尊厳の維持や富の分配に首尾よく成功しているとは言えない。これに対して、キブツの統括制度は、総会を頂点として、各種委員会が設置され、成員はそのいずれかに属し、各自の強みを発揮し、生産率向上に寄与しているのである。「二十五年間でイスラエルは農業生産を十七倍に増加させた」（『アップル、グーグル、マイクロソフトはなぜ、イスラエル企業を欲しがるのか?』二二六）と言う。これは、高度な機械や効率的な農法を駆使したハイテク化の成果であり、戦後日本の農業生産率と比較した場合、驚くべき数字である。

今日、まだ基本的にはキブツの成員が平等の報酬を得ているという状況は、ユダヤ系経営学者ピーター・ドラッカーが『非営利組織の経営』（一九九〇）で述べている内容を連想させよう。彼は、アメリカの非営利組織が社会の周縁より中心に移動し、巨大政府によって手の回らない領域を運営し、社会の円滑化に重要な役割を果たしていると説くのである。非営利組織は、責任感のある市民を育成し、成員に共同体意識を持たせ、生活の質の向上に貢献するのである。そこでは、「組織と自己に共に有益となるために、自分は何に集中すべきかと問う」（一九一）。非営利組織における人間の変革、共同体の確立、ミッション、効率性の追求、余暇の人間的な活用、社会変革の媒体としての機能、社会への貢献、明日を担う人材育成が、キブツの運営と響き合うのではないか。

3　キブツで暮らす作家アモス・オズ

キブツは、成員がそれぞれ労働を分担し、全体の運営の効率化を図る仕組みであるが、その中で芸術家や研究者や作家などは、公共の福祉に貢献できるのであれば、その特殊な才能を伸ばすことに没頭できる。他の人々が農場や工場や果樹園で労働している間に、彼らは机に向かって何時間も黙々と創作に従事しているのである。キブツの成員には、こうした芸術家たちが含まれており、一般のキブツ住民の文化に対する意識も高いことが窺える。

ただし、アモス・オズは、勤勉な労働者たちのかたわらで独り創作に従事していることにやや後ろめたさを感じているようである（『現代イスラエルの預言』一〇七〜八）。オズは、一九三九年にエルサレムで生まれ、十四歳よりキブツで暮らしている。彼は、作家・教育者として活動し、一九六七年、一九七三年の中東戦争に従軍し、その後、アラブとの平和確立運動に指導者の一人として参加している。ちなみに、彼の父は、ロシア出身であり、六つの言語を話せたが、取得した博士号が主要大学のものでなかったが故に、イスラエルでは教職を得られず、図書館司書として生涯を送った。それでも、比較文学に関する数冊の書物を執筆したという。『私のミハエル』(一九七二)、『イスラエルに生きる人々』(一九八三)、『現代イスラエルの預言』(一九九四)などで日本の読者にも知られるオズは、大学で教えながら、活発な執筆や政治活動を行なっている。イスラエル作家は、読者より受ける反響に大きなものがあり、また、彼らが政治に与える影響も並々ならぬものがあるという。

オズは、『完全なる平安』(一九八二)において、六日戦争に至る一九六〇年代半ばのキブツを取り上げているが、ここでは、共同農場の様子を詳述し、共同体を読者に親しませている。伝統と現代状況とに挟まれたイスラエル建国者たちと、その子供世代が登場するが、物語は多様な人物の視点から描かれ、長い手紙や日記も挿入されている。キブツの閉塞的な人間関係を嫌い、両親や妻の育ったキブツから離れ、新しい生活を求めるヨナタン。反対に、軍隊を退き、憎しみ・妬み・残酷さにあふれた世界から逃れ、キブツで暮らしたいというギトリン。結局、キブツ外に救いを求めたヨナタンも帰還し、キブツ内に救済を求めたギトリンと共に戦い、そして働く結末を迎えるのである。二人はこの後、キブツでどのように発展してゆくのであろうか。「完全なる平安」は得られるのであろうか。

戦争やテロの絶えない国で防衛に力を注ぎ作家として生きることは、どれだけの精神力を必要とすることであろう。キブツで暮らし、キブツの生活を織り込むアモス・オズの作品は、緊張をはらむイスラエル状況を活写する。「現世を修復する」理念は、紆余曲折を辿る中東情勢によって翻弄されているが、いつの日か中東に「完全なる平安」が訪れることを、救世主（メシア）を待望するがごとく、オズと共に耐え忍んで待ちたい。

4　キブツの女性

イプセンの戯曲『人形の家』（一九五三）でノラは夫に対して「私は人形じゃないわ」と叫び、人としての自由と独立を求めて家を出てゆく。

斎藤茂男の『妻たちの思秋期』（一九八二）では、会社の仕事以外に家庭のことは何もしない夫と、家事以外には何もできない妻との「半分人間」によって構成される不安定な家庭状況が浮き彫りにされている。

また、ベティ・フリーダンの『新しい女性の創造』（一九六三）では、一九五〇年代のアメリカ女性の悩みが描かれる。郊外に住み、豊かな物質生活を営んでいても、生涯を賭ける夢もなく、雑事に埋もれ、精神の充足を得られない女性たちは生きがいを求めて迷う。

ところで、ユダヤ人の結婚式の最後に、新郎は新婦と酌み交わしたワイングラスを踏み砕くが、この儀式は、めでたい瞬間にもユダヤ神殿が破壊された悲劇を忘れないように、そして、結婚式の後に悲喜こもごもの人生が待っているのだ、という教えである。

それでは、イスラエルの集団農場において、女性の問題はいかに対処されているのであろうか。元来、キブツでは男女の完全な平等を目指したという。そこで三世代にわたるキブツの女性を調査した成果である『キブツの女性』（一九七五）を眺めてみよう。初期の時代は、前述したように、男性が女性より圧倒的に多く、女性は多数派の男性に混じって、肉体労働や防衛義務などを果たした。ところが、次第にキブツの運営が安定してくると、男女平等が謳われているにもかかわらず、女性は育児や教育や食堂の仕事などに戻っていったという。それらは、女性の気質により適した仕事であるからなのであろうか。

こうしてキブツの女性は変容を示しているが、彼女たちのたくましさはイスラエルの他分野の女性たちのたくましさと同様、注目に値する。

六十歳のラヘルは、洗濯場や調理場で働き始め、その後、小学校教育を担当し、さらにキブツ全体のための人生相談に携わりながら、共同体発展の専門家へと成長してゆく（『キブツ　その素顔』七三）。

五十年間も毎朝ずっと四時に起きて、仕事をしてきた六十四歳のリブカは、「これで万事うまく出来上がった、と思ってしまうと、生きがいを失ってしまう」（同上　一〇八）と成功に安住することへの警告を発している。

また、五十三歳のエバは、「キブツは女性にとって、母であることと仕事のプロになることの両方の可能性を引き出してくれる。いつも、どんなことをするにも、何かかけがえのない有意義な点を見つけて生きる」（同上　二三七〜八）という積極的な態度を示している。

さらに、イスラエルで著名な女性もキブツの生活を体験している。ゴルダ・メイヤは、一九六九年、エシュコル首相の死に伴って、孫のいる七十歳の小柄な身でありながら、スリランカのバンダラナイケに次いで世界で二番目の女性首相になり、イスラエルを五年以上に渡って率いた。メイヤは、一九二一年にパレスチナに向かい、テルアヴィヴにたどり着き、その後、夫と共にキブツで暮らし、ヘブライ語を学び、キブツの委員として活躍する。さらに、メイヤは、夫と別れ、二人の子供を育てながら、キブツの女性を訓練する仕事に就く。のちにイスラエルの指導者になるベン・グリオンやエシュコルたちと知り合い、メイヤはやがて首相としてイスラエルの維持に大きく貢献した。女性の首相として成果を挙げたのみでなく、妻として、母としての仕事も政治と同様に尽力したのである（『ゴルダ・メイヤ』五五）。

おわりに

『イスラエルを知るための六十章』によれば、イスラエルは自国農業の弱点を熟知しており、それを強さに変えるために、農産物の新たな品種開発や品種改良、土壌改良への研究開発、より効率的な灌漑技術や水技術の追求など、政府、大学、企業、農民が明確な意思と戦略を持って農業に取り組んでいるという（二二二）。そこでイスラエルの農業技術は、世界中で水不足や乾燥化が進む中で、世界の農業が目指すべき方向性を示し、大きな貢献を果たしてゆくであろう。また、『イスラエルの頭脳』は、「砂漠緑化のための灌漑システムや土壌改良の技術においても世界のパイオニア」（九二）となり、「バイオ殺虫剤や疾病に強い種子の改良、光で分解するプラスチックなどのバイオ分野で大きな花を咲かせつつある」（九三）とする。さらに、「イスラエルは今では排水のリサイクル事業で世界の先端を走っている。彼らは七〇％以上の水をリサイクルさせているが、これはリサイクル率二位のスペインの三倍に当たる数値だ」（『アップル、グーグル、マイクロソフトはなぜ、イスラエル企業を欲しがるのか？』一一一）と述べられている。イスラエルは、現世を修復しようとするユダヤ教のミッションを、ハイテク農業を通して実践しようとしている、と言えようか。

イスラエルにおいては、ハイテク化により農業生産率や安定化が向上し、さらに作業の効率化と人件費の削減などの達成が得られ、農業は十分に収益を上げられるビジネスと見なされるに至った。

引用・参考文献

Bellow, Saul. *To Jerusalem and Back*. New York: The Viking Press, 1976.

Blocker, Joel. ed. *Israeli Stories*. New York: Schocken Books, 1965.

Carson, Rachel. *Silent Spring*. Middlesex: Penguin Books, 1962.

Claybourne, Anna. *Golda Meir*. Oxford: Harcourt Education, 2003.

Drucker, Peter F. *Managing for Results*. New York: Harper, 1964.

——. *Managing the Non-Profit Organization*. New York: Harper, 1990.

——. *Management. Revised Edition*. New York: Collins Business, 2008.

Duncan, Jeffrey L. *Thoreau: Major Essays*. New York: E. P. Dutton & Co. 1972.

Friedan, Betty. *The Feminine Mystique*. Middlesex: Penguin Books, 1963.

Gilon, Dov & Shirley. *Bed & Breakfast in Israel*. Gedera: B. B. Gilon, 1990.

Laffin, John. *The Israeli Mind*. London: Cassell, 1979.

Lewisohn, Ludwig. *Israel*. London: Ernest Benn Ltd., 1926.

Oz, Amos. *Unto Death*. New York: Harcourt Brace Jovanovich, 1971.

——. *My Michael*. New York: Alfred A. Knopf, 1972.

——. *A Prefect Peace*. New York: Harcourt Brace Jovanovich, 1982.

——. *Black Box*. New York: Harcourt Brace Jovanovich, 1987.

——. *The Slopes of Lebanon*. New York: Harcourt Brace Jovanovich, 1989.

——. *To Know a Woman*. New York: Harcourt Brace & Company, 1991.

——. *Panther in the Basement*. New York: Harcourt Brace & Company, 1997.

——. *The Story Begins*. New York: Harcourt Brace & Company, 1999.

Senor, Dan & Singer, Saul. *Start-Up Nation*. New York: Twelve, 2009.

Singer, Isaac Bashevis, *Meshugah*. New York: A Plum Book, 1994.

Thoreau, Henry David. *Walden*. New York: Bramhall House, 1854.

Tiger, Lionel & Shepher, Joseph. *Women in the Kibbuts*. New York: Harcourt Brace Jovanovich, 1975.

Zamir, Israel. *Journey to My Father, Isaac Bashevis Singer*. New York: Arcade Publishing, 1995.

アブリッシュ、サイード・K『アブリッシュ家の人々――あるパレスチナ人家族の四代記』林睦子訳、三交社、一九九三年。

イプセン、ヘンリク『人形の家』矢崎源九郎訳、新潮文庫、一九五三年。

オズ、アモス『イスラエルに生きる人々』千本健一郎訳、晶文社、一九八五年。

――『現代イスラエルの預言』晶文社、一九九八年。

川西剛『イスラエルの頭脳』祥伝社、二〇〇〇年。

河野元美『イスラエル・キブツの生活』彩流社、二〇〇九年。

斎藤茂男『妻たちの思秋期』共同通信社、一九八二年。

佐渡龍己『ユダヤ人に学ぶ危機管理』PHP研究所、二〇〇八年。

シュラキ、アンドレ『イスラエル』増田治子訳、白水社、一九七四年。

セノール、ダン/シンゲル、シャウル『アップル、グーグル、マイクロソフトはなぜ、イスラエル企業を欲しがるのか?』宮本喜一訳、ダイヤモンド社、二〇一二年。

立山良司編『イスラエルを知るための六十章』明石書店、二〇一二年。

鳥取砂丘検定公式テキストブック編集委員会『鳥取砂丘検定』今井書店、二〇〇九年。

フリーダン、ベティ『新しい女性の創造』三浦冨美子訳、大和書房、一九六五年。

三井美奈『イスラエル』新潮新書、二〇一〇年。

武者小路実篤『新しき村の創造』大津山国男編、冨山房、一九七七年。

ラブキン、ヤコブ『イスラエルとは何か』菅野賢治訳、平凡社、二〇一二年。

リブリッヒ、アミア『キブツ　その素顔——大地に帰ったユダヤ人の記録』樋口範子訳、ミルトス、一九九三年。

ロスチャイルド、ギード『ロスチャイルド自伝』酒井傳六訳、新潮社、一九九〇年。

第9章　イスラエルのハイテク産業

はじめに

イスラエルは、一九四八年の建国以来、周囲のアラブ諸国との緊張関係に悩まされながらも、ダイヤモンド産業、ハイテク農業、ハイテク産業など、国を牽引する産業を発展させ、短期間に近代国家としての骨格を整備してきた。ある意味でホロコーストの悲劇が、ユダヤ人に対する諸国の同情を引き起こし、それが多くの奇跡を伴って、イスラエル建国に結び付いたとも言えようが、同時に、多くの人々の無関心によって引き起こされた大虐殺の結果、「自らを守るものは結局、自分でしかない。他人は誰も助けてくれない」という悟りをユダヤ人は得たのである。彼らは苦難の歴史の中でたくましさを身につけた。

一九二〇年に創設されたユダヤ人の地下武装組織「ハガナ」は、一九四八年の独立戦争の際に、国家の軍隊の中核を成したが、その後、イスラエル軍は、四度にわたる中東戦争や多くのテロとの戦いによって鍛え抜かれ、世界最強の戦闘組織へと成長したのである。同時に、軍隊内では、兵器改造の技術を含めてハイテク産業が発達し、それが退役兵を通してイスラエル社会にも浸透していったのである。起業精神も盛んな彼らは自分たちの身の振り方として、ビジネスのネットワーク作りにも懸命であったのだ。軍より放出された航空機を修理し、その分野で世界的な先端企業を発展させたことは、その一例である。

それでは、ハイテク産業は、今後のイスラエルやその関連諸国にとって、いかなる意味を持ち得るのであろうか。それは、人々に幸福をもたらし、生産性を向上させ、社会の繁栄へと結びつくのであろうか。そこで、ユダヤ系文学に描かれるビジネスを諸分野において検討する中で、最近とみに注目を集めているイスラエルのハイテク産業を探ってみたい。

1 イスラエルのハイテク産業

ハイテク産業の製品は、イスラエルの輸出の四〇％を占め、民間労働者の一四％がこの分野に従事しているという。特に、電子部品、制御監視機器、医療品の三業種で多額の貿易黒字を獲得している。ベンチャー企業への投資額は米国に次いで多く、ベンチャー企業の数や、特許取得の件数も世界トップレベルである。イスラエルの人口は、約八百万人であり、日本の人口の約十六分の一であるが、日本の四国ほどの小さな国であるにもかかわらず、多くのベンチャー企業が存在しているというだけでも、素晴らしいことであり、同時に不思議なことでもある。イスラエルは、新しい分子（ナノテクノロジー）の特許数で世界四位であり、また、新しい医療器械の特許数で世界一位を誇る。イスラエルは科学者と技術者の数でも世界一位であるという。「イスラエルは、もし中東和平が実現して国のエネルギーが安全保障からビジネスに向かったら、急速な発展を遂げるであろう。人口当たりの起業率、特許数が世界トップであるのはイスラエルである」（『日本人の知らないユダヤ人』二〇一一）という肯定的な将来への見通しもある。現状では、欧米企業が高度の技術を持つイスラエルのベンチャー企業を買収したり、現地で研究開発を行なうためにイスラエルに進出したりもしているのである。

2　ハイテク産業発展の鍵

イスラエルのハイテク産業が発展した鍵として、大きく分けて七つの要因を考えてみたい。始めに触れた軍事的な理由、ロシアなどから大量の優れた技術者が帰還したこと、テルアヴィヴ、エルサレム、ハイファなど近距離の場所にハイテク産業が集中していること、ハイテク産業に対する政府の援助、歴史的な要因、宗教的な要因、そして現世を修復してゆくミッションである。

すでに触れた軍事的な理由をより詳しく見てゆこう。周囲を敵に囲まれているイスラエルでは、十八歳になると、男子は三年間、女子は二年間、兵役に就く義務がある。軍隊では精神や身体を鍛え、ミッションに基づいて大きな物事に取り組む姿勢を体得し、また、どんな人とでも、その出自に関わらず、うまく交わってゆこうとする術を学ぶ。陸海空軍のいずれに配属されるにせよ、そこではハイテク機器を操作する豊富な機会を与えられるのである。さらに、退役後も、五十歳になるまで毎年一ヶ月は予備兵として軍務に就く。小国であり、大きな軍隊を常備させておく余裕のないイスラエルにおいて、予備役はイスラエル独特の制度である。現代技術のイノベーションセンターで働きながら、同時に兵役に就くことなども生じてくる。このようにして軍隊勤務を通じてハイテクに触れる機会が継続してゆくのである。そして、軍隊は、民間産業の協力の下、テクノロジー開発の母体となってゆくのである。徴兵制度を経て、多くの若者が高度な機器に触れ、自己管理を含めた経営の経験を積み、創造力を磨いてゆく。しかも、防衛の前線で発揮されるこの創造力は、民間産業の礎になっているのである。イスラエルは、差し迫った多くの危機に立ち向かわねばならない状況で、ハイテク産業によって、敵国に囲まれた「閉所恐怖症」に対処しようとしているかのようである。

人はたいてい慣れ親しんだ日常性に埋没し、よほど尻に火がついた状態に至らなければ、改革のために重い腰を挙げようとしないものであろう。無理をしなくとも日常生活が保障されているという意識ほど、意欲や覇気に水をさすものはない。その点、周囲を敵に囲まれている小国イスラエルの人々は、好むと好まざるとに関わらず、日常を点検し、改革を図る必要性に迫られる度合いが高い。

また、イスラエルへは九十以上もの国からユダヤ移民が到来している。彼らは、新しい生活を求めてやってきたのであり、生活をやり直すことをいとわないし、リスクを冒すことも恐れない。したがって、「移民の国」は起業家の国となる可能性が高い。起業家はある事業のきっかけを思いつくと、すぐに取り掛かる積極性を持っている。そして、多くの移民は、ハイテク産業を活発にし、イスラエルを発展させようとする意気込みにあふれている。

移民は新たな生き方を求めて、何もない土地に、集団農場キブツ、家族中心の農場モシャブ、新開発都市などを生み出した。必死に働き、自己管理や時間管理において自分を厳しく律し、同時に理想を求めて夢を見、生まれ変わろうとしたのだ。

移民の中で、特にロシアで生活を送ったユダヤ人は、人生を開始する時点で差別によってすでに差をつけられていたので、各自の職業分野で抜群の存在になることが、自己実現の手段であった。彼らは、こうした差別状況をマイナスではなくプラスに転化させることによって、自らを優れた知識人や技術者に鍛え上げたのである。こうしたロシア系ユダヤ人が、ゴルバチョフの自由化政策によってイスラエルなどに移住できるようになって、ハイテク産業がさらに飛躍する機会が増したのである。

対照的に、エチオピアから読み書きのできない移民が到着し、イスラエルにとって経済的に負担になった時期はあったにせよ、ゴルバチョフ時代の高い学歴や技術を備えた移民は、常にイスラエル経済の重要な活力源であった。

移民や難民としてイスラエルへやってきた人々は、そこで新しい生活を求めたのであり、彼らは革新を恐れない。彼らの多くは、理想主義者であり知識人である。彼らは発明とテクノロジーを重視する存在へと、自らを転換したのである。

さらに、イスラエルのハイテクに関わる環境も大いにその産業発展に貢献している。イスラエルには革新と起業家精神に満ちた技術者と研究開発活動の双方が多く集まっている。たとえば、アメリカの例では映画のハリウッド、金融のウォール街など、集積状況のおかげで、その内部で生活している人々の相互関連が高まり、彼らの共同体は急速に成長を遂げてゆく。同じ業界で働いている人々が適度に集中することによって、企業には従業員やその供給元や専門的な情報を入手するのに、より好ましい環境が生まれてくる。一般論としても、こうした集積環境は、生産性を高めることであろうし、常に新製品を考案し製作している人々に囲まれていれば、自らの企画を打ち出そうと励まされることであろう。

イスラエル政府は、こうした状況において、「インキュベーター」（孵化器）制度によって、ハイテク産業の発展を後押ししている。人々は新たな企画を打ちたてようとする際、政府より援助金を得て、企画が成功した暁には、その収益の三割を戻すが、仮に失敗したときでも、返還する必要はない。新たな企画に失敗は付き物であり、失敗を恐れるなかれである。したがって、リスクを恐れず、常に再生を図る姿勢が促される。失敗しても、さらに進化し前進しようとする態度である。そこには、失敗に対する文化的な寛容さがあり、失敗は次第に成功へと繋がってゆくのである。イスラエル政府は、毎年ハイテク「インキュベーター」を認可し、多くの新規事業を開発している。

次に、歴史的な要因として、長期にわたって差別と迫害の歴史を潜り抜けてきたユダヤ人の資質が考えられよう。すなわち、彼らは、逆境に手をこまねいて甘んじることをしない。いかにマイナスをプラスに転化できるか、ということを必死になって考え抜く。イスラエルの人々は、厳しい状況において必死に向上を目指す組織に属し、絶えざる教育を通して各自の前進を図っている。厳しい歴史によって育まれた積極性より革新思考が生まれ、それがハイテク産業の実践へと繋がってゆくのである。

歴史上、ユダヤ人の偉大な成果は、現状に満足しないという意識を獲得したことであろう。たとえば、他のどの国民よりも、イスラエルの人々は冒険的に世界を徒歩で旅行し人生に役立てようとする価値観を身につけてきた。遠くまで出かけ、そこで滞在し、深いところまで見聞してゆく。独りでバックパックをかついで徒歩旅行をする。そこでいろいろな人々、さまざまな体験に触れて、自己を成長させる機会を探す。日常生活では発揮されず眠っている自己の潜在能力が発見される場合もあろう。

イスラエルの人々は、移民や難民の体験、軍人や民間人としての経験などを含めて多彩な経歴を有している。砂漠の緑化、湿地の開拓、移民や難民を吸収する開発都市の建設を含めて、多くのことに気を配りながら生活せざるを得ない。そこでこの国には、「マルチタスク的」なものの考え方がある。多くの人々が仕事を多数抱えて生きているのである。

まさにイスラエル社会は、多様性が集積した「モザイク」社会である。そこでは多様な文化が混じり合い、人々は多様な意見を述べ合い、磨き合って、高次な文化を築き上げようとしている。人々は、いわゆる常識を改めて問い、自由に発想してゆく。自由度が低いか、文化的に凝り固まっている社会にいると、自由なものの考え方をすることは難しいが、イスラエルではそれが可能なのである。

長期の流浪、建国にいたる試練、建国直後より四回の中東戦争や日常的なテロ、大量難民の受け入れといった、食糧増産の努力や近代産業の発展などに関わるこうした厳しい歴史が、今日の国民性を醸成したと言えよう。

現状に甘んじてただ手をこまねいているのではなく、工夫して積極的にいろいろな手を打ってゆく。現状を改革し、マイナスをプラスに転化する生き方を探す。厳しい歴史によって育まれたこうした生きる姿勢が、イスラエルにおいて、ハイテク産業を発達させているのではないか。

また、宗教的な要因として、ユダヤ人の問い続ける姿勢が注目されよう。彼らは聖書やその注解タルムードに関して、内容を鵜呑みにするのではなく、絶えず問い続ける。「一つの質問に対して、別の質問で答える」といわれるほど、彼らの問いかける姿勢は有名である。こうした問いかける姿勢は、ユダヤ人の教育より育まれ、また、「ユダヤ人として生まれたからには少なくとも一つの新たな聖典解釈を付け加えるよう望まれる」(『ユダヤ教への誘い』一一一)というユダヤ教の探求精神からも生まれてくる。彼らは、聖書やタルムードに問いかけ、そこに人生の意味を求めるという。物理的ではなく比ゆ的な意味でタルムードの最終頁は空白になっており、そこには新たな聖典解釈が書き込まれてゆくのである。したがって、その内容は完成されたものではなく、常に更新されてゆくのだ。こうして絶えず問いかける姿勢が、タルムードだけでなくあらゆる常識を鵜呑みにせず、それを疑ってかかる傾向をもたらす。それは常に革新を求める思考であり、こうした積極的に問いかける姿勢が、ハイテク産業の優れた製品を生み出してゆくのである。『アップル、グーグル、マイクロソフトはなぜ、イスラエル企業を欲しがるのか?』には、科学技術とイノベーションは目的ではなく、「この世をより良い世界にするための道具であり手段なのである」（三二七）という言及が見られる。これは、ユダヤ教のミッションである「この世を修復してゆく」思想と響き合うものである。それは、より良いもの、より効率的なもの、より便利なものを求める合理精神に基づいている。

3　ハイテク産業が生み出したもの

それでは次に、イスラエルのハイテク産業が生み出した製品をいくつか眺めてみよう。医療の分野では、どうであろうか。

たとえば、形が薬のカプセルに類似した「カプセル内視鏡」である。これには小型カメラが内蔵されており、人が飲み込むと、体内を移動しながら胃・小腸・大腸など内臓の写真を撮り、対外へと排出される。

これを通常の胃カメラを用いた検診と比較してみよう。まず、患者は、のどの筋肉を緩める薬を五分間も口に含まされるが、それを口に含みながら上を向いて過ごすことは、気持ちの良いものではなく、吐き気を催す場合さえある。その後、ベッドに横たわって、胃カメラをのどから挿入されるが、それが内臓へと通過してゆく間は、まさに苦悶の連続であり、吐き気がし、脂汗さえ出てくる。

いっぽう、飲み込んだ後で体内を移動する外経十ミリ前後のカプセル内視鏡は、これらの苦痛を取り除いてくれるのであるから、大助かりである。人の内臓には複雑な襞があり、カプセル内視鏡による写真撮影は必ずしも完璧ではないが、それにしてもこれは画期的な医療器具であると言えよう。これを開発した企業の一つが、イスラエルのギブン・イメージング社だ。

また、女性の乳がん検診の場合、視触診、マンモグラフィ、超音波、ＭＲＩがあるが、新たに開発された検査法は、ただ患者より血液検査のみで、乳がんの有無が判明する技術もイスラエル企業が開発した。

また、イスラエルのバイオテクノロジー研究は、基礎的な段階を終え、現在は研究の「第二波」に当たるといわれる。そこで手がけられてきた医薬品や医療機器は、臨床試験段階に達しており、今後市場に出回るそれらの医薬品や医療機器は、イスラエルを世界有数のバイオテクノロジーのパイオニアへと変えてゆくであろう。

二〇一二年、イスラエルのバイオテクノロジーのイベントが開催され、イスラエル企業六十社が参加し、世界より六千名ほどの訪問者があったという。さらに、毎年ドイツのデュッセルドルフで開催される恒例の世界最大規模の医療品機器展にイスラエルからも多数の企業が参加している。イスラエルはこの分野で世界と共有するものが多く、更なる発展が期待されよう。

医療分野におけるこれらの例は、人々の苦痛を快適なものへと、マイナスをプラスへと転換しているのであるから、大きな意味で世の中を修復するというユダヤ教のミッションとも合致しているのではないか。

それでは、自動車の分野に関してはどうであろうか。それには、イスラエルにとって意味の大きい脱石油を目指す電気自動車構想がある。電気自動車は、電気をエネルギー源とし、電動機を動力源として走行する。ただ、電動モーターは、内燃機関と比べると騒音が少ないために、歩行者は車の接近に気づきにくく、それが事故につながる恐れが出てくるかもしれない。そこで、歩行者へ車両の接近を知らせる発音装置の搭載を標準化することが検討されているという。

電気自動車は、太陽電池を備えたソーラーカー、フォークリフト、ゴルフカーなど電池式電気自動車と、トロリーバスなど走行中に電力を外部から供給する架線式電気自動車とに大別されている。近年、効率のよいリチウムイオン二次電池の発展により、電池式電気自動車が注目されている。この際、国内に広くバッテリー交換ステーションの整備が求められよう。

また、イスラエルのＷＡＺＥ社は、自動車の運転手に対して渋滞、事故、工事などの道路情報や交通情報、そしてそれらの情報を反映した目的地までの最短ルートを確認できるナビゲーション・システムＷＡＺＥの開発に取り組んでいる。自動車の運転手がＷＡＺＥを使用しながら運転することで同社のサーバーに道路・交通情報のデータが自動的に蓄積され、その情報を運転手は無料で使用できる。多くのナビゲーション・ソフトウェアが有料である中で、ＷＡＺＥは無料であるという。

ところで、『イスラエルの頭脳』には、「イスラエルが、最終的に量産志向の組み立て加工型産業ではなく、頭脳集約型ハイテク産業へと進路を定めた背景には、天然資源がないとか国内市場が小さいことに加え、水不足という問題も大きかったはずだ」（九一）という指摘がある。

そこで前章でも取り上げたハイテク農業に関わる分野として、水のリサイクルや砂漠の緑化が挙げられる。「イスラエルは水のリサイクル率が七五％と世界のトップに立ち、そのほとんどを農業用に再利用している」（『イスラエルを知るための六十章』二二一）という。また、かつて米国を訪れたイスラエル首相は、カリフォルニアに広がる広大な荒地を見て、「これだけの広大な土地を砂漠のままに放置できる余裕がうらやましい」（『ユダヤ人の機知』一五）と述べたと伝えられるが、イスラエルにはそのような余裕はなく、人々は植樹に国を挙げて取り組むことに加えて、水のリサイクル技術や砂漠の緑化技術を必死に向上させ、また、農場にパイプを通し、パイプに無数にあけられた穴よりコンピュータ制御によって水がポタリポタリと農作物の上に落ちて、一滴も無駄にすることがない有名な点滴農法を開発しているのである。

最後の例として、無人偵察機を挙げよう。無人偵察機は、操作が自律的に行なわれる場合（無線による遠隔操縦か、あるいはあらかじめ組み込まれた経路を飛行する自動操縦）と、人が遠隔操作で行なう場合とがある。パイロットが搭乗しないことによって、敵に攻撃された際の危険度を下げている。また、人が搭乗しないため、生命維持に必要な装備が不要となり、製造や運用の費用は、有人偵察機と比べてはるかに低額となる。「給油不要で四千キロを飛行でき、重量一トンの積荷を運ぶことができる。世界最高ともいわれるイスラエル製無人機が、中東全域で情報収集および攻撃任務を行なっている」（『モサド・ファイル』三九八）と言う。

４　イスラエルの難問

ハイテク産業を画期的に発展させているイスラエルであるが、同時に多くの難問を抱えていることも事実である。

たとえば、多くの国からの大量難民を受け入れることは、イスラエル建国の一つの意義であるが、特に前述したエチオピアよりの文盲の難民を受け容れるような場合、彼らを教育して生産的な市民に変えてゆく努力をするにせよ、それはイスラエル経済にとって負担であるに違いない。

また、周辺のアラブ諸国との緊張関係は、依然続いており、アラブ・ボイコットによって、イスラエルは周辺地域の市場にほとんど進出できない状況である。

　実際、イスラエルは、迫害されている流浪のユダヤ人の受け入れ場所として建国されたにもかかわらず、戦争やテロの続発によってユダヤ人にとって危険な場所、ユダヤ人の死亡率が高い場所になっていることは皮肉である。そうした状況のために、優秀な人材が海外の大学に転出してゆくなど、頭脳流出の問題が生じているという。

　いっぽう、ユダヤ教超正統派の人々は、避妊を考慮せず、聖書の戒律に従って「産めよ増やせよ」を実践しているため、彼らの人口は増大している。彼らは、聖典学習に没頭する生活を送っているが、産業面において必ずしも生産的ではなく、また、国民の義務である兵役も免除されているという。もちろん、ユダヤ教の信仰に篤い超正統派の人々の存在は、イスラエルの存続にとって意味は大きいが、彼らの人口増大が労働力や生産力の低下を招く可能性は否定できない。

　また、イスラエルにおけるアラブ系住民とユダヤ系住民の人口比率が、出生率の高い前者が後者を上回ってゆく傾向にあるというが、これは、ユダヤ人国家イスラエルの将来にどのような影響を及ぼしてゆくのであろうか。

　さらに、ハイテク産業の成功によって巨万の富を得た人々と、社会の底辺で暮らす人々との間に、貧富の格差が増大しているという。

　周囲を敵に囲まれている小国イスラエルにはさまざまな問題がある。しかし、多くの問題を抱えながらも、イスラエルには決定的な優位性がある。それは、ユダヤ教に基づく「この世を修復する」という目的意識である。さらに、イスラエルの核となる目的は、流浪のユダヤ人のために安息の地を用意することである。残念ながら、長年にわたるアラブ諸国との抗争のために、実際、イスラエルはユダヤ人にとってもっとも危険な地域になっているかもしれないが、その点は、長い眼で見て平和の到来を待つしかない。

おわりに

ハイテク産業は、人間に幸福をもたらすであろうか。もちろん、便利になった面はいろいろあろう。たとえば、パソコンの使用である。執筆や翻訳などを業とする人々にとって、パソコンの活用はまさに至福である。昔日のように、黒ペンで書き、それを赤や青や緑などの筆記用具で修正し、さらにそれを清書する、といった労力から解放されているのである。ただし、これによって昔と比べ、人々の執筆能力は向上しているであろうか。

また、パソコンは、執筆や翻訳に多く従事する人々にとって確かに便利であるが、反面、パソコン画面の細かい文字を追っていると、視力を損なう恐れは高まるであろう。長い眼で見て、パソコン使用によって、執筆の成果を上げるよう工夫しなければならない。

ましてやパソコン・ゲームなど無意味で非生産的なことに貴重な人生の時間を奪われていることは、以前考えられなかったことである。

別の例として、ハイテクが人の生涯学習に果たすであろう貢献に注目したい。たとえば、家庭においても海外の大学の講義を受講でき、海外の人々とテレビ会議ができ、スカイプ授業が楽しめる、と考えてくると、今日、生涯学習を達成する条件は発展しているように思える。

しかし、ハイテクの利点も考えられる反面、哲学者の木田元が多くの著書の中で説いているように、長足の発展を遂げている技術は、人が制御できない段階にまで陥っていることはないであろうか。技術の発展によって生活が便利になることも少なくないかもしれないが、その反面、公害や地球の温暖化や異常気象などによって、人や動植物の大幅な死滅に至ることはないか。結局、ハイテクの優れた面を活用しつつ、その負の面をできるだけ減らしてゆくような厳しい選択が各人に求められよう。また、この面での研究がいっそう望まれる。

ポール・ジョンソンの『ユダヤ人の歴史』によれば、ユダヤ人は、歴史を同じことが繰返されるサイクルではなく、ミッションを追求する直線的なものであると見なすという。ハイテク産業は、ミッションを求める効率的な方法を探究する手段とも見なせよう。ただし、実際、それを効率的な手段として使いこなせるか、それともそれに伴うさまざまな弊害に足をすくわれるか。それは、今後の人の賢明な選択にかかってくると思われる。

引用・参考文献

Blech, Benjamin. *The Complete Idiot's Guide to Understanding Judaism*. Indianapolis: Alpha Books, 2003.
Carson, Rachel. *Silent Spring*. Middlesex: Penguin Books, 1962.
Cowan, Lore and Maurice. *The Wit of the Jews*. Nashville: Aorora Publishers, 1970.
Dan Senor & Saul Singer. *Start-Up Nation*.New York: Twelve, 2009.
Lewisohn, Ludwig. *Israel*. London: Ernest Benn. 1926.
Neumann, Boaz. *Land and Desire in Early Zionism*. Waltham: Brandeis UP, 2011.
Wiesel, Eli. *The Jews of Silence*. New York: Schocken Books, 1987.
Williams, Louis. *The Israel Defense Forces: A People's Army*. Bloomington: iUniverse, 2000.
Wouk, Herman. *The Hope*. New York: Little, Brown & Company, 1993.
石角完爾『日本人の知らないユダヤ人』小学館、二〇〇九年。
オズ、アモス『現代イスラエルの預言』千本健一郎訳、晶文社、一九九八年。
川西剛『イスラエルの頭脳』祥伝社、二〇〇〇年。
木田元『反哲学入門』新潮文庫、二〇〇七年。
ジョンソン、ポール『ユダヤ人の歴史』上・下巻、石田友雄監訳、徳間書店、一九九九年。
セノール、ダン／シンゲル、シャウル『アップル、グーグル、マイクロソフトはなぜ、イスラエル企業を欲しがるのか？——イノベーションが次々に生まれる秘密』宮本喜一訳、ダイヤモンド社、二〇一二年。
バー＝ゾーハー、マイケル／ミシャル、ニシム『モサド・ファイル——イスラエル最強スパイ列伝』上野元美訳、早川書房、二〇一三年。
立山良司編『イスラエルを知るための六十章』明石書店、二〇一二年。

第10章　生涯学習を求めて――聖書よりピーター・ドラッカーまで

はじめに

生涯にわたって学習にいそしむという思想は、どれほど国内に浸透しているのであろうか（それに関して、たとえば二〇一二年には、『生涯学習社会の展開』や『生涯学習社会のイノベーション』と題された文献が立て続けに出版された）。以下は、その問いかけに関する筆者の個人的な体験である。

ひとつは、筆者が二十代の後半、当時住んでいた地区で自治会役員を務めていた折、年配の役員たちが口にしていた言葉――「夜になると、テレビを見るか、酒を飲むか、母ちゃんと寝るしかないんだよな」――に、「えーっ?!」と衝撃を受けた思い出である。

そして、もうひとつは、これまで数年にわたって透析治療を受けている筆者が病室で見た光景である。透析とは、やや誇張して言えば、日常性から離れた極限状況であり、自己が真に試されるときであり、その折には、各患者がそれまでの人生で重視してきたものが浮上し、その多様性が浮き彫りになるものと期待していた。ところが、実際、透析室で目にしたのは、おそらく百名中九十九名までが各ベッドに備え付けのテレビを漫然と眺めているだけであり、再び「えーっ?!」と驚いてしまったのである。

もちろん、これは筆者の狭い体験であり、国内を見渡せば、生涯学び続けている人たちの実例が多く見つかるかもしれない。今日、老人が増加し、若者の就職難が増す中で、国内を活性化させようとすれば、老いも若きも生涯にわたって学習することを目指し、最後まで生きがいや生産性を維持し、周囲に何がしかの貢献をもたらすことが望まれるのではないか。また、IT革命が進行し、(ユダヤ系経営学者ピーター・ドラッカーも説く)自らの専門知識を武器として組織への貢献を図る「知識労働者」が増加している現状において、生涯学び続ける必要性が増していることは否めない。こうした傾向は、若い学生たちに認識されているようである。

実際、人生の最後まで生きがいや生産性を維持してゆく姿勢は、健全な社会の一員として大切であることは言うまでもない。そうであってこそ長寿はめでたく、いっぽう、ただ呼吸をして生きながらえることに意味はない、と筆者は思う。歴史・宗教・商法との関わりでユダヤ系文学を研究・教育してきた筆者の立場からすれば、当然、生涯学習を継続し、広大な分野の一端でも知ろうと意識せずにはいられない。それは、たとえば、高度な知識体系を含むソール・ベロー、ユダヤ教神秘主義を基盤に宗教論争を展開するアイザック・バシェヴィス・シンガーやハイム・ポトク、そしてホロコーストを背景として神との論争を繰返すエリ・ヴィーゼルやバーナード・マラマッドなどの作品に親しむ過程で、ヨーロッパのユダヤ人町（シュテトル）での学習、流浪と学習、移民と学習などの描写が頻繁に目に留まるからである。

本書をここまで辿ってきて、第一章のダイヤモンド産業で触れたシールドのおじたちを含めてイスラエルのハイテク産業に至るまで、生涯にわたって学び続ける姿勢があればこそ、それぞれの分野でユダヤ人の活躍や成功がもたらされているのではないか、と筆者は思う。ただし、紆余曲折の人生で生涯学習の実践は、自然に成就されるものではなく、それはそれなりに工夫を伴う。それでは、生涯学習を達成するために、いかなる準備や戦略が必要なのであろうか。本稿では、この問いに対し、ユダヤ系文学を含めて聖書よりピーター・ドラッカーまでを論じてゆきたい。

1　聖書と生涯学習

ユダヤ聖書の「箴言」一章七節で「主を恐れることは知識のはじめである」と述べられていることに注目したい。ここで言う主とは、宇宙の創造主であろう。ところで、科学の説くところによれば、仮にわれわれが宇宙の果てを目指し、光速で宇宙船の旅を開始し、子孫の代に至るまで飛行を続けたとしても、宇宙の果てには到達し得ないという。しかも、宇宙はさらに拡大を続けているのであると。こうした想像を絶する広大な宇宙を統括するのは、神と呼ばれる存在であろうと仮定する。宇宙の創造主である神の偉大さを思うとき、対照的に、塵より生まれ、塵に帰る人はいかに卑小な存在であるかに気づくだろう。しかし同時に、偉大な宇宙の創造主、微小な人の存在を思うとき、人は無限の存在に対して限りなく謙虚になり、それでもこの世に生を受けた以上、繰り返されることのない独自の存在として、各自の強みを発揮すべく生涯学習にまい進することを望むのではないか。すなわち、偉大さの認識と、謙虚さの自覚こそが、生涯学習の出発点である。「イザヤ書」三十三章六節も説く。「また主は救いと知恵と知識を豊かにして、あなたの代を堅く立てられる。主を恐れることはその宝である」と。人は無限の中に自己を位置付けることによって謙虚さを覚え、また、無限の中の自己に対していとおしさの念を抱く。無限の中で人は、知れば知るほど、いかに知らないかを知る。それは、生涯学習への限りない挑戦となってゆく。

次に、ユダヤ聖書がもたらす「豊かな物語性」に注目したい。たとえば、新たな自己発見の旅に出るアブラハム、約束の地へとイスラエル人を導くモーセ、天使と格闘するヤコブ、国家を建設するダビデ、英知にあふれたソロモンなどの物語が、人の好奇心を掻き立て、人を生涯学習の道へと誘うであろう。豊かな物語性に関して言えば、聖書の注解タルムードも英知を含んだ物語にあふれている。さらに、ユダヤ教敬虔主義ハシド派の物語、ハシド派の創始者の曾孫であるラビ・ナハマンの物語、そしてハワード・シュワルツ編纂のユダヤ民話集など、ユダヤ人の世界はいかに豊富な物語にあふれていることであろうか。こうした豊かな物語性が、ソール・ベローやアイザック・バシェヴィス・シンガーやエリ・ヴィーゼルなどノーベル文学賞作家を含むユダヤ系文学や、ユダヤ人の映画産業、音楽産業、不動産・建設業などに発展していることであろう。物語は、重要な学習の媒体である。断片的な情報ではなく、物語を単位として、その多くを頭の中で常に回転させていれば、それは霊感を育み、思想を養い、精神を柔軟にするに違いない。そこで、豊かな物語を含む聖書やタルムードなどを「共通教材」として、生涯学習へとまい進してゆくことは大いに望まれよう。

さらに、ユダヤ教の「この世を修復してゆく」というミッションに注目したい。これに関して、十六世紀の聖者イツハク・ルーリアが説いた、よく引用される神話がある。天地創造の際、そのあまりの圧力のために創造の器が破壊され、そこから神の聖なる光が飛散した。そこで人のミッションは、戒律に基づいた善行をなすことによって、万物に封じ込められた聖なる光を解放し、この世を修復することであると。生涯学習を実践してゆくためには、大きなテーマが必要であるが、各分野における「この世の修復」というミッションは、その必要に十分応えてくれるのではないか。

2　シュテトルと生涯学習

次に、ユダヤ人がヒトラーの台頭以前、二十世紀初頭まで暮らしていた東欧のユダヤ人町（シュテトル）で実践されていた学習を眺めてみたい。日本においても寺子屋制度があったが、ユダヤ人の場合、シュテトルにおいて男子は三歳頃より幼年学校（ヘデル）へ通ったという。アイザック・バシェヴィス・シンガーの自伝的作品『喜びの一日』（一九六三）にも父親に連れられてヘデルに通う子供が描かれている。ヘデルではヘブライ語のアルファベット学習より始め、聖書やタルムード学習へと移ってゆくが、そこでは、子供用の教材が準備されていたわけではなく、共通教材として聖書やタルムードが教えられていたという。こうした共通教材が幼児に適していたかどうかは興味深い点であるが、いずれにせよ、こうした分厚い共通教材が使用されていたこと自体は、驚くべきことではないか。偉大な共通教材が存在したことは、学習成果を挙げる上でどれほど有益であったことだろうか。

ところで、三歳の男子を学習に導入するヘデルの初日において、教師や両親は、子供に蜂蜜や菓子を与え、あるいは、教科書の文字に蜂蜜を塗ったという。それは、「学問は甘美である」という思想を、三つ子の魂にしみこませるためであった。実際、アイザック・バシェヴィス・シンガーやその兄イスラエル・ヨシュア・シンガーの著作『失われた世界』（一九七〇）によれば、ヘデルには鞭を持った厳しい教師がおり、その学習時間は遊び盛りの子供に対して朝八時より夜八時まで長時間に及んだという。子供たちをそのように長く机に縛り付けていられたかどうかは、興味深い点であるが、おそらく子供たちは学習中に悪ふざけをして、教師を激怒させたことであろう。ヘデルでの光景は、教師が教える内容を、子供たちが大声で暗誦することが含まれており、「学問は甘美である」と子供たちが本当に感じていたか、疑問の余地がある。実際、イスラエル・ヨシュア・シンガーは、「体系的でなく際限のない聖典学習に疲れ果てた」（『失われた世界』一五八）と述懐している。

ユダヤ人の学習に顕著である「問いかける姿勢」は、徐々に涵養されていくのであろうか。もっとも、その点に関して、ヘデルよりラビ専門学校（イェシヴァ）に至るまで、学習は単独ではなく、しばしば二人で組んで行なわれたという。ペア学習では互いに問いを発し、議論をし、互いの盲点や弱点を指摘し、励ましあって高次の領域に上ってゆく姿勢が涵養されたことであろう。ちなみに、「ユダヤ人のシャーロック・ホームズ」を主人公としたハリー・ケメルマンのラビ・スモール・シリーズにおいて「イェシヴァの生徒たちは、タルムードの聖句に関して二日間も討論に熱中し、その議論を離れるときには不承不承であった」（『ラビ・スモールとの対話』一九八二）と、語られている。ここではまさに「学問は甘美であった」に違いない。

子供たちの学習時間の長さも驚異的であるが、それでは成人の場合はどうであったのだろうか。その点、作家エイブラハム・カーハンは、ロシア系ユダヤ移民の被服産業での発展を綴る『デイヴィッド・レヴィンスキーの出世』（一九一七）において、「一日十六時間、宗教教育に打ち込む」

（二九）シュテトルの伝統を述べ、同作家の短編「イェクル」（一九七〇）においても「したがって世俗の学問などは朝飯前」（一二五）であると豪語している。また、ノーベル平和賞を受けた作家エリ・ヴィーゼルは、ハシド派の聖者たちを回想する著作『師を求めて』（一九八二）において、イェシヴァでは「平均して日に十四時間は学習、四時間は祈祷、四時間は睡眠、一時間は共同体の活動、三十分は食事、そして残りの三十分は休息に当てられた」（一一三）と詳述している。生徒でさえこれほどの勤勉さを発揮したのであるから、彼らの師であるラビはどれほどの学問を積んだことであろうか、想像に難くない。こうした成人は、行商や仕立てや靴直しなどに従事していたのであろうが、同時に、彼らの妻たちにとっては、市場で終日商いに精出し、家事をまかない、夫の聖典学習を助けることが、「聖なる行為」であると見なされていた。すなわち、夫は神のご意思に沿う聖典学習によって天国に行けるが、それを助ける妻もまた天の恵みを授けられる、というシュテトルの信仰である。

さらに、シュテトルでは、聖書やタルムードの知識に秀でており、額が高く青白い顔をした若者が、「理想の結婚相手」と見なされ、良家の美しい娘との縁組が有望であったという。また、義理の父はその結婚を愛でて、数年間は義理の息子の衣食住を世話し、彼の更なる聖典学習を助けることを、名誉であると考えていた。

すなわち、シュテトル全体に聖典学習の支援体制ができていたのである。日々十四〜十六時間も宗教教育に従事するとは驚異的であるが、それを可能にする雰囲気や制度や仲間が存在していたのである。ただし、これを別の角度から眺めれば、シュテトルには乞食が多く、そこでは土地所有や職業選択や自由な旅行もままならない閉塞状況が支配的であり、そこで世俗的な発展を抑えられたユダヤ人にとって、学問こそが精力を発散する「聖なる対象」であった。聖なる学問に明け暮れているという誇りが、社会の末端に置かれた少数民族の悲哀に対抗するものとして機能したのだ。

そこで、シュテトルの熱烈な学問の背景にあったハングリー精神に注目すべきである。したがって、当時、シュテトルとその周囲の異邦人社会での識字率には、驚くべき格差が生じた。すなわち、「周囲の異邦人村落では、読み書きのできるものが一人でもいれば幸いであった時代に、シュテトルでは一人の文盲でさえ見つけるのに苦労したのである」（『同胞との生活』一九九五）。

加えて、シュテトルでは、アイザック・バシェヴィス・シンガーの名作「馬鹿者ギンペル」に見られるように、孤児でさえ宗教教育や職業教育を施されず放置されることはなかった。実際、ギンペルは「義人はその信仰によって生きる」（「ハバクク書」二章四節）など、しばしば聖典より引用しており、また、彼はパン焼き職人となるよう職業教育を受け、馬車馬のように働いた結果、ついにユダヤ人町でも「ちょっとした金持ち」になるのである。最後は、蓄財を子供たちに分け与え、放浪の旅に出てゆくが、諸国で物語を語り聞くことによって英知を養い、高次の魂へと昇ってゆくのである。また、ユダヤ教敬虔主義ハシド派の創始者バール・シェム・トーヴも孤児であったが、ユダヤ共同体は、相互援助によって彼をヘデルに送り、聖書やタルムードを学ぶ機会を与えた。その結果、彼は高次の精神領域に昇ってゆくのである（『天国への道』一九八〇）。さらに、ポール・ジョンソンの『ユダヤ人の歴史』によれば、ユダヤ共同体は、貧者の生徒たちに無償で服を支給し、教科書を与え、今日の基準で眺めても、立派な教育福祉を施していたのである。

ところで、シュテトルにおいてはアダムの肋骨よりイヴが創造されたという聖書の記述に根差す「男尊女卑」が存在し、その一例として男性は聖なるヘブライ語によって聖典学習に励むが、いっぽう、女性は日常言語であるイディッシュ語によって聖典の基礎を学べば十分であると見なされ、後は家事や育児に励み、前述したように夫の聖典学習を助けることを奨励されていた。ただし、このような男尊女卑は、別にユダヤ人社会だけに限ったことではなく、むしろユダヤ人社会においては、女性が家庭の実際的な運営を取り仕切り、祝祭日において重要な役割を演じ、また、結婚契約書においては女性の権利がいろいろと配慮されていたのである。アメリカ移民史のなかでウーマン・リブ運動に（ラビの娘アーネスティン・ローズや『新しい女性の創造』（一九六三）の著者ベティ・フリーダンを含めた）ユダヤ女性が顕著な寄与をしたことは事実であるが、それは彼女たちの中にそれだけの意識や実力が養成されていた証であろう。ちなみに、アイザック・バシェヴィス・シンガーの短編「愛のイェントル」（『短い金曜日』所収）ではシュテトルにおける男女の教育格差に異論を唱え、男装してイェシヴァに入学する女性が登場するが、それを基にしてユダヤ女優・監督・歌手であるバーブラ・ストライサンドは映画作品を完成させている。なお、シンガー自身の母は、合理主義を重んじ、女性たちの家事・育児についての取りとめのないおしゃべりには無関心であり、男性のように聖典学習に憧れていたが、そうした彼女に親しい友はなく、シュテトルでは孤立した存在であったという（『失われた世界』三二）。

3　流浪（ディアスポラ）と生涯学習

ユダヤ人は、紀元七〇年、第二神殿を破壊され、故国を失って以来、諸国を流浪する生活を二千年にわたって余儀なくされた。ロシア、スペイン、ポーランドなどヨーロッパ諸国においては、社会の末端に置かれ、寄留先の国に問題が生じると、不条理にもその責任を転嫁されてきたのである。啓蒙思想（ハスカラー）など異邦人社会に同化を求める動きもあったが、それはしばしば迫害となって跳ね返ってきたのである。同化と迫害という悪循環が、長い歴史においてユダヤ人を苦しめた。ただし、そうした暗黒面とは別に、流浪にはプラス面も存在していなかったであろうか。たとえば、多文化や多言語への接触を通して多面的で柔軟な思考を形成し、国際的な貿易網や情報網を形成し、今日のグローバル化への対応を先取りしていた面がなかったであろうか。

また、流浪において、祖国や神殿を失ったユダヤ人は、神殿に代わるユダヤ教会堂（シナゴーグ）を諸国に建設し、そこを祈り・学習・集い・宿泊の場とした。また、十人の成人男子が集まれば、いずこでも会衆として祈りが可能になるミニヨンの制度をもうけた。さらに、聖書やタルムードを口伝の状態に放置せず、それを筆記して、持ち運びが可能であり、どこででも学習が可能なようにした。それらの聖典を通して、「目に見えない国家」を創造し、それを民族の存続や統一のよりどころとしたのである。これらは、故国を喪失したユダヤ人が取った危機管理の例である。すなわち、流浪によって、ユダヤ民族の宗教教育への熱情はいっそう強まったのである。『ディアスポラの力』（二〇〇八）は言う。「領土の排他的支配に基づく」国家の戦略が、究極的には有害なものであるいっぽう、ディアスポラは、土地や他の民族を支配せず、他の土地を奪う必然性を作り出さなくとも、一つの民族が独自の文化を保持することは可能であるということ、また、ディアスポラは、相互依存的な世界にいかに対応するか、共同体を通じていかに慈善事業の慣行を生み出すか、いかに文化が混交の産物としてのみ存在しうるか、を示しているのであると。

ところで、島国である日本においては、外国語の習得は不利であるといえよう。対照的に、たとえば国境を隔てて諸国が連なっているヨーロッパでは、人々の国際交流は容易で頻繁であろうから、日常において諸言語を操る機会が多く、しかも類似言語同士であるために、あたかも日本人が標準語に加えて青森弁や博多弁を話す場合があるように、それらを習得できるのではないか。この点において、長期の流浪を経てきたユダヤ人は、好むと好まざるとに関わらず、ヨーロッパ諸国を転々とする過程で、自己を多言語と多文化にさらす豊富な機会に恵まれたのだ。たとえば、「ほとんどのユダヤ男性は、少なくとも三つの言語を操ることが可能であった。シナゴーグではヘブライ語を使用し、家庭ではイディッシュ語を話し、異邦人に対しては、寄留地の言語を用いた」

（『新イディッシュ語の喜び』二〇〇一）。また、「圧倒的大多数のヨーロッパの人々が文盲であった時代に、ユダヤ男性は、ヘブライ語、イディッシュ語、そして寄留先の言語を読み書きできたのである」（『イディッシュ語万歳！』一九八二）。さらに、「母と従姉妹のキティは、チェコ語やドイツ語に加えて、英語やフランス語も流暢に話した」（『ホロコーストの子供たち』一九七九）。こうした例は、ユダヤ人の場合、枚挙に暇がない。この点において、国際社会における彼らの優位性は、疑うべくもない。いっぽう、島国における言語学習には、このような事実にも配慮し、心してかからねばならない。

4　移民と生涯学習

ユダヤ人の流浪の歴史はまた移民の歴史でもあった。ここでは、十九世紀末より二十世紀初頭にかけて渡米した三人のユダヤ系女性作家を取り上げ、生涯学習を考えてみたい。

一人目は、『約束の地』（一九一二）の成功によって、人々の移民に対する偏見を払拭し、自らも大変な向上を果たしたメアリ・アンティンである。

『約束の地』の冒頭で生々しく描写されるように、ユダヤ人は帝政ロシアにおいて、市民権も与えられず、強制集住地域に囚人のごとく押し込められ、種々の不公平税制や長期の兵役義務や政府が煽動するユダヤ人虐殺（ポグロム）に苦しめられていた。アンティンたちはそうした迫害を逃れて、渡米し、新しい生活に賭けたのである。不正に苦しみ、苦難を経た者として、新世界アメリカの諸制度にひときわ感謝し、人一倍努力するのであるから、彼女が得た成果は大きかった。とりわけ、彼女の夢をかなえたものは、アメリカが与えてくれる向上の機会、すなわち貧乏も不幸も迫害も奪うことのできない教育を受ける自由であった。「約束の地」の宝とは、まさに当時、アメリカで整備拡大された公教育の自由を意味していた。旧世界では社会の最下層で呻吟しており、いくら切望しても、とりわけユダヤ女性の教育は至難の業であった。それを「約束の地」は一挙に解決してくれたのである。意欲に燃え、家族に励まされ、教師や隣人に助けられるアンティンの学業は急速に進歩する。旧世界ですでにヘブライ語、イディッシュ語、ロシア語を学んでいた彼女は、定冠詞の用法に苦しみながらも、熱心に英語を学び、将来は作家になろうと夢を膨らませる。やがて、彼女は、各界の著名人とも交わり、一九一三年から一八年にかけて全米で講演し、セアドア・ローズヴェルトの遊説を支援し、大統領に信頼されるまでに至るのである。ロシアにとどまっていたならば、名もなき一生を終えていたであろう彼女にとって、それは何という大きな前進であったことだろうか。アンティンの個人的な体験は、作品を通じて普遍的な意味を獲得し、人々の記憶に蓄積され、読者の胸に消えない絵として、時空を超えて受け継がれてゆく。それは、疎外・喪失・苦悩を糧とし、生涯学習を目指す積極的な生き方、移民体験を今日の生活に重ねる生き方である。

二人目のアンジア・イージアスカは、十歳の頃、ロシアより迫害を逃れ、貧民街で職業を転々としながら、苦労して英語や文学を学んだ。

　彼女は一九二〇年代以降、周縁に生きる虐げられたユダヤ女性の観点より、「アメリカの質」を探求する作品を発表したが、それらは後にウーマン・リブの観点からも再評価され、研究されている。社会の周辺で虐げられた女性が闘い、一人の人間として成長してゆく過程をイージアスカは一貫して描いた。不十分な教育、言語の壁、人種差別など、逆境を乗り越えながら最大限に人間の可能性を引き伸ばそうとする姿勢、そこに彼女が現代読者に強く訴える意義を見出すことができよう。女性の自立を目指すイージアスカの闘いは、『パンをくれる人』（一九二五）などの作品に見られるように、旧世界の男尊女卑を象徴する父との対立で始まり、やがて父と自らに同質性を見出し、父との和解に至るのである。イージアスカの主人公たちは、困難を乗り越え、自らの信じる道を果敢に進んだ結果、教育家、芸術家、音楽家など専門職を持つ伴侶を見出してゆく。

後に『新しい女性の創造』（一九六三）を著し、才能を磨く機会もなく、一生の仕事を持つ夢もなく、人間としての成長が止まってしまうという女性問題を指摘したベティ・フリーダンは、「教育こそ、アメリカの女性を危機から救い、また将来も救い続けるだろう」と預言した。フリーダンの預言は、イージアスカの実践を踏まえて、ますますその意義を深めてゆくことであろう。

　三人目のエマ・ゴールドマンは、千頁に近い自伝『我が人生を生きて』（一九三一）などの著作を残している。その思索的な内容はソール・ベローを、男女の愛憎はアイザック・バシェヴィス・シンガーを、困窮との葛藤はバーナード・マラマッドを連想させるが、大部の自伝に読者を最後まで惹き付ける要因は、改革闘争や愛の遍歴に貫かれたゴールドマンの生き方そのものではないか。

彼女は、体制と戦い、多事多難で濃密な人生を送り、多くの敵に激しく攻撃された反面、彼女が関わる国際組織の規模が示すように、多くの仲間に愛され、支えられてもいる。社会の悪弊を指摘することによって体制に敵視され、しばしば投獄されているが、彼女は牢獄でも自らの教育に打ち込み、ニーチェの革命思想やフロイトの精神分析を読み、自らの講演準備に心を砕いている。彼女の生涯では、愛を求め母になろうとする願望と、大義に生きんとする気持ちとが葛藤しているが、結局、彼女は強烈で多様な人生を生き抜く中で、縛られることの少ない自由な恋愛を選んでゆく。彼女は、フランス語で読書をし、イディッシュ語、ドイツ語、英語、ロシア語で巧みに演説をこなし、激しい性格を持つロシア系ユダヤ人として、アンティンやイージアスカと同様、熱情をたぎらせ、闘う女性であった。ゴールドマンが身を持って示した新しい女性の生き方は、二十世紀初頭にアンティンやイージアスカによっても実践され、さらに『新しい女性の創造』を著したベティ・フリーダンにも受け継がれてゆくのである。

マクシン・セラー編『移民女性たち』(一九九四)は、右記三名を含めて、女性の権利のために戦った多くの移民女性たちの記録を現代に伝えている。彼女たちの物語を読む者は、生涯学び続けることに対して、いかに大きな熱情を掻き立てられることであろうか。

5　イスラエルと生涯学習

流浪や移民の歴史を経て、イスラエルは、同化と迫害という悪循環を断ち切ろうとしたシオニズム運動の結果、ホロコーストへの同情という世間の後押しも受けて、一九四八年に誕生した。それ以降、長期にわたる周囲のアラブ諸国との緊張関係に苦しみながらも、ハイテク産業、ハイテク農業、ダイヤモンド産業などを国を牽引する産業として発展させ、今日に至っている。

天然資源も乏しく、厳しい状況で存続を求めるイスラエルでは、学習の重要性は言うまでもない。いっぽう、ユダヤ人は、歴史を振り返っても、「出エジプト記」に描かれた数々の災厄、ホロコースト、独立戦争など、極限状況に対応せざるを得ない生き方を強いられてきたのであり、それをかえってしばしば変革の機会へと変えてきたのではなかったか。「もともと危機の中で、宗教を中心に結束した」彼らは、「迫害を契機として大事業を行なってきた」のであり、彼らにとって「歴史は神と共に、心の中に現在として生き続け」、「危機に及んで爆発的に作用する」(『ユダヤ人』二一〇－一一)。前章で述べたように、ハイテク産業を発展させ、その生産性を上げてきたのも、国民の中に危機管理に駆り立てられるいっぽうで、変革の気風がみなぎっている証である。

イスラエルは、難民が難民を受け入れて教育する国である。アジアやアラブ諸国やアフリカなど、九十ヶ国より到来する難民を受け入れ、全土に成人学校の網を張り巡らし、ヘブライ語やイスラエル文化を教え、職業訓練を施す。ヘブライ語速習学校（ウルパン）においては、教育技術を磨いた熟練教師が効率よく教え、難民のイスラエル社会への参入を助けている。すでに述べたように、中には、エチオピアから来た難民など文盲に近い人々も含まれているが、彼らに対しても「受験生」並みに語学や文化教育を施しているという。

周囲を敵に囲まれたイスラエルには徴兵制度があり、十八歳になると男子は三年間、女子は二年間兵役に就く。この後も五十歳になるまで、一年に一カ月ほどイスラエル独特の予備役制度によって軍務に就くのである。こうした軍隊勤務には、国中から集まったさまざまな人々と知り合い、ハイテク技術の訓練機会を得、国中の地理に親しみ、国防の責任を認識するという利点がある。軍隊生活を体験した人々は、その後で仕事を持ち、さらに大学で真剣に学ぶ。イスラエルの大学生は、こうした事情で学齢が高いのである。軍隊と仕事を経験した彼らの学業に対する意識は、きわめて高いものと推測される。その職場で軍事技術はハイテク産業へと転用され、この分野でイスラエルは大きな可能性を発揮しているのである。

さらに、イスラエルは、モザイク社会である。国際的に活動してきたユダヤ人は、しばしば多言語を操り、モザイク文化の中で暮らし、豊富な知的刺激を受けている。イスラエル人は好奇心が旺盛であり、政治的・経済的・職業的な必要もあり、世界を旅することを好む。

その上、長期の伝統に根ざす古くて新しい国イスラエルは、ユダヤ国家であり続けるために超正統派の人々をはじめとして宗教に熱狂的な人々の果たすべき役割がある。「タルムードを熱心に学ぶ数学者、物理学者、生物学者はイスラエルでは稀ではない」（『エルサレム紀行』一一七）

という。

このような状況にあるイスラエルと諸国のユダヤ人社会とのつながりは、学習を通して維持し強化することが可能である。同化の影響で諸国におけるユダヤ教育が薄らいでいることを危惧する声もあるが、その状況を改善するために、イスラエル訪問を活用したユダヤ教育が奨励されている（『ユダヤ教育ニュース』一九九八）。すなわちあらゆる年齢層の教育にイスラエルが反映されるべきであると言う。具体的には、イスラエルへの研修旅行、ヘブライ大学での研修やテルアヴィヴ大学での半期学習の体験、さらにはインターネットを用いたユダヤ研究、聖書研究、イスラエル研究、ホロコースト研究などに励むことであろう。イスラエル訪問によって、生き方が劇的に変化し、それが精神的な成長の一里塚になり、他所での数年分に匹敵する教育成果を得られるという。そこで生涯学習を含めた長期計画を立て、ユダヤ性を日常に取り入れ、ユダヤ生活の質を向上させてゆくことが望まれる。

6　ドラッカーと生涯学習

ホロコーストを逃れて流浪や移民を体験したピーター・ドラッカーは、ヒトラーのような全体主義に抵抗するために、自律した組織や自律した個人を創造する重要性を説いた。彼の経営学の根本には、全体主義への抵抗が横たわっているのである。その意味で、自伝的な『傍観者の冒険』

（一九九四）で述べるように、個人の独自性、社会の多様性を重視する態度が、彼の全著作を貫いている。また、ドラッカーの人文科学への関心が、彼の経営学を血の通った内容にし、豊かな響き合いを生み出しているのである。組織の経営、そして各人の生涯の運営を図る上で、ドラッカーは味読すべき貴重な思想家であると言えよう。

まず、各自の学習を伸ばしてゆく際、弱みを是正し強化してゆくという考えもあるかもしれないが、それはおそらく犠牲的な努力が多い割には、非効率的であろう。やはりドラッカーが述べるように、強みを活用してこそ、人は効率的になれるのである。強みを伸ばしてゆく中に、手ごたえを感じ、やること自体に楽しみを覚えるであろう。そうすると物事は良い方向に回ってゆく。組織においても、各人の強みを発揮する方向が、結局、組織全体の生産向上へと向かってゆく。教育現場においても、各生徒の強みを伸ばす学習方法が成果を挙げるであろう。

ドラッカーによれば、教育の使命とは、各生徒の強み、好み、才能を見出し、それを伸ばすよう助けることである。定量の情報を無批判に覚えるよう指導して、その暗記の度合いを推し量ることではない。そうした教育から創造の芽が伸びることはない。各生徒が熱中できる対象を見出し、それに没頭し、ある年齢に至ればまとまった成果を得られることが理想であり、その過程で、核となるものを強化するために、周囲の裾野を広げるように努めてゆければ、さらに効果的である。『傍観者の冒険』で回想される小学校の恩師は、ドラッカーに強みを尋ね、それを伸ばすよう指導してくれた。彼は、この先生たちにお礼を述べ、後年その恩返しをしている。また、『アジアのドラッカー』（一九九五）においては、若いときに熱中できるものを見つけ、それに没頭して気がついたらノーベル賞候補にまで成長していた、という逸話が含まれている。若いときに熱中できる対象を見出し、それに没頭できる人は幸せである。いっぽう、熱中するものがわからず、ただ偏差値の高い学校へ入ろうと目指すことに何の意味があろうか。そうした勉強は、結局、「甘美」ではなく苦行となり、勉強嫌いを作ってしまう。ドラッカーは言う、知識労働者の社会においては、偏差値教育など役に立たず、ましてや、学校卒業と共に勉強を放棄するようでは、労働者としても無益であると。また、受験教育が生涯学習に携わらない勉強嫌いを大量に作り出しているとすれば、国家の存亡に関わってくると。

ちなみに、ノーベル文学賞候補と目される村上春樹の作品には、卒業後に多くを学んだという作家自身の体験を反映してか、充分な正規教育を受けずに、きわめて優秀な人間に成長している例が少なくない。たとえば、科学者の娘は、六歳のときからずっと登校していないが、それでも四つの外国語を操り、楽器を演奏し、通信機を組み立て、航海術や綱渡りも習い、料理や射撃も得意である（『世界の終わりとハードボイルド・ワンダーランド』）。また、図書館に勤める大島さんの場合、必要な一般知識を読書によって獲得したという（『海辺のカフカ』）。さらに、『ねじまき鳥クロニクル』に登場する笠原メイやシナモンは、正規の教育機構から外れているが、かえって興味深い人間になり、その才能を伸ばしている。ドラッカーは、前述したように、小学校の教師に強みを伸ばす教育を受けたが、その後、学外で学んだものが多いという。学校は基礎知識を与えてくれる場所であるかもしれないが、各自が強みを発揮し、際限なく伸びてゆこうとするならば、テーマに沿った生涯学習が有効であり、生涯学び続ける姿勢こそが、各自の潜在能力を最大限に伸ばす要因であろう。

そうした生涯学習の過程で、ドラッカーが実践したように、「三年ごとに新たな題材」を取り上げ、それを集中的に学び、自己の核を取り巻く裾野を広げてゆくことは、きわめて大事である。ドラッカーは経営学という核を豊かにする意味で、裾野の拡大を試みたのである。それによって彼の執筆内容も豊穣なものとなった。裾野の拡大によって、テーマが幅広くなり、新たなテーマも加わったことであろう。加えて、彼が経営相談、執筆、教育の三領域の響き合いを大切にしたことも、それぞれの豊かな内容となって現れている。ドラッカーは、生涯に四十冊以上の本を書いているが、その中の二十四冊は「還暦後」の仕事であったという。研究者としての長命の秘訣は、堅固な核と裾野の拡大にあると思われる。

短期と長期のテーマを一〇年先、二十年先まで設定し、そのファイルを準備し、関連情報を折に触れて挿入してゆく。そこで現在読んでいる文献が、十年先のテーマに役立つこともあろう。時間管理の観点から、これは効率的な方法である。十年先、二十年先を考えて、現在の学習を行なっていれば、その学習は体系的なものとなり、些事に時間を浪費することは減ってゆく。

ところで、『ドラッカー三六六日』（二〇〇四）において、知識労働者がその生産性を挙げるための六つの要件をドラッカーは挙げている（一五七）。それは、仕事の内容の吟味、自律性、絶えざる革新、生涯学習、仕事の質と量、所属する組織にとって大切な宝と見なされること、である（同じ組織に属する同僚の関心領域を知ることと、その中で自らの領域がいかに組織に最大の貢献を成しうるかを問うこと。それは、組織全体の、そして知識労働者の、生産性を挙げる上で重要であるという）。

「知識労働者の効率性を最も体系的に最も首尾よく向上させた国や企業に、経済の指導力が移ってゆくであろう」（『機能する社会』一七七）とドラッカーは言う。知識労働者の養成には、問いかける学習、テーマを探求する学習、核およびその周辺を固める学習、そして生涯学習が求められよう。

おわりに

聖書よりドラッカーにいたる枠組みで生涯学習を検討してきたが、改めてユダヤ人の各分野における顕著な成功と生涯学習とのかかわりを印象深く思うしだいである。

仮に高い平均寿命が今後も維持されるならば、退職後の第二の人生が重要になってくる。ドラッカーは、仕事以外に真剣な趣味を持つことや、第二の人生を非営利企業での奉仕に捧げ、そこで存在感や達成感を充足するよう勧めている（『非営利組織の経営』一九九〇）。そして、ドラッカーに影響を受けて書かれたボブ・バフォードの『最後を飾る』（二〇〇四）では、四十、五十代より第二の人生構築を開始し、その実践に成功した例を数多く挙げて、生涯を学び続ける準備を読者に促しているのである。

われわれにとって第二の人生の備えは、ドラッカーが勧めるように非営利団体とのかかわりや生涯学習がその鍵となるであろう。精神が半分眠ったような状態で、些事に追われてしまうような人生でも、生涯学習はそこに一本の線を引くものである。振り返ったときに、たとえ細くとも道が続いていたと言える人生でありたい。

そのためには、呼吸と同様、生涯学習が自然な習慣となり、それを楽しめるようになれば理想である。そこでは、自分らしい生き方によって楽しみを得ることが何よりも大切である。生涯学習を楽しめる人生は、実り多く幸福で生産性の高いものとなる。そのとき、老いは、人生のまとめを意味する豊穣な期間となりうるのだ。

各人がそれぞれの強みを発揮し、独自の生涯学習にいそしみ、自己を充足できるのであれば、それだけ世界は修復されよう。

問題のない人生はなく、問題のない個人も存在しないが、生涯学習こそは人を問題解決へと導き、実り多い人生へと導いてくれる鍵である。

人としてこの世に生を受けたからには、その個性や潜在能力を発揮すべく、何かに打ち込んで生涯を送ることが望ましい。いずれの分野にせよその道の専門家になるような生き方である。そのような段階に至るためには、もちろん、生涯学習が不可欠である。何かに打ち込んで過ごした人生は美しい。

引用・参考文献

Antin, Mary. *The Promised Land*. New Jersey: Princeton UP, 1985.

Baeck, Leo. *The Essence of Judaism*. New York: Schocken Books, 1948.

Bellow, Saul. *To Jerusalem and Back*: Viking Press, 1976.

Buford, Bob. *Finishing Well*. Nashville: Integrity Publishers, 2004.

Cahan, Abraham. *The Rise of David Levinsky*. New York: Harper & Row, 1917.

——. *Yekl and The Imported Bridegroom and Other Stories of Yiddish New York*. New York: Dover Publications, 1970.

Drucker, F. Peter. *The End of Economic Man*. New Brunswick: Transaction Publishers, 1939.

——. *Managing for Results*. New York: Harper, 1964.

——. *Managing the Non-Profit Organization*. New York: Harper, 1990.

——. *Adventures of a Bystander*. New Brunswick: Transaction Publishers, 1994.

—— & Nakauchi Isao. *Drucker on Asia*. Oxford: Butterworth-Heinemann, 1995.

——. *The Essential Drucker*. New York: Harper, 2001.

——. *The Daily Drucker*. New York: Harper, 2004.

——. *Management*. Revised Edition. New York: Collins Business, 2008.

——. *Managing Oneself*. Boston: Harvard School Publishing Corporation, 2008.

——. *A Functioning Society*. New Brunswick: Transaction Publishers, 2010.

Epstein, Helen. *Children of the Holocaust*. Middlesex: Penguin Books, 1979.

Flaherty, John E. *Peter Drucker: Shaping the Managerial Mind*. San Francisco: Jossey-Bass, 1999.

Frankl, Viktor. *The Will to Meaning*. New York: A Meridian Book, 1969.

Friedan, Betty. *The Feminine Mystique*. Middlesex; Penguin Books, 1963.

Goldman, Emma. *Living My Life*. New York: Alfred A. Knopf, 1931.

Holy Bible. The New King James Version. Nashville: Thomas Nelson Publishers, 1892.

Jewish Education News 1997-98. New York: Yeshiva University Library, 1998.

Kemelman, Harry. *Conversations with Rabbi Small*. New York: Fawcett Crest, 1981.

Rosenstein, Bruce. *Living in More than One World: How Peter Drucker's Wisdom Can Inspire and Transform Your Life*. San Francisco: Berrett-Koehler Publishers, 2009.

Rosten, Leo.*The New Joys of Yiddish*. New York: McGraw Hill, 2001.

——. *Hooray for Yiddish!*. New York: Simon & Schuster, 1982.

Seller, Maxine Schwartz ed. *Immigrant Women*. Albany: State University of New York Press, 1994.

Singer, Isaac Bashevis. *Gimpel the Fool and Other Stories*. New York: Farrar, Straus & Giroux, 1957.

——. *Short Friday*. New York: Farrar, Straus & Giroux, 1961.

——. *A Day of Pleasure*. New York: Farrar, Straus & Giroux, 1963.

——. *Reaches of Heaven*. New York: Farrar, Straus & Giroux, 1980.

Singer, Israel Joshua. *Of a World That Is No More*. New York: The Vanguard Press, 1970.

Wiesel, Eli. *Somewhere: A Master*. Summit Books, 1982.

Yezierska, Anzia. *Bread Givers*. New York: Persea Books, 1975.

Zborowski, Mark & Herzog, Elizabeth. *Life with People*. New York: Schocken Books, 1995.

クシュナー、ハロルド『ユダヤ人の生き方――ラビが語る知恵の民の世界』松宮克昌訳、創元社、二〇〇七年。

笹井宏益／中村香『生涯学習のイノベーション』玉川大学出版部、二〇一二年。

品川不二郎『勉強好きにさせる心理作戦』あすなろ書房、一九八九年。

ジョンソン、ポール『ユダヤ人の歴史』上・下巻、石田友雄監修、徳間書店、一九九九年。

『聖書』日本聖書協会、一九五五年。

中野明『ドラッカー流――最強の勉強法』祥伝社新書、二〇一〇年。

中村香／三輪建二『生涯学習社会の展開』玉川大学出版部、二〇一二年。

ボヤーリン、ジョナサン／ボヤーリン、ダニエル『ディアスポラの力――ユダヤ文化の今日性をめぐる試論』赤尾光春／早尾貴紀訳、平凡社、二〇〇八年。

村上春樹『世界の終わりとハードボイルド・ワンダーランド』新潮文庫、一九八五年。

――『ねじまき鳥クロニクル』新潮文庫、一九九四年。

――『海辺のカフカ』新潮文庫、二〇〇二年。

村松剛『ユダヤ人――迫害・放浪・建国』中公新書、一九六三年。

森川信男『情報革新と経営革新』学文社、二〇一一年。

――『情報革新と組織革命』学文社、二〇一一年。

あとがき

この二十数年間、日本マラマッド協会、日本ベロー協会、そして日本ユダヤ系作家研究会のメンバーたちと、いろいろなテーマで共編著や共著を発表してきた。それは、ユダヤ系文学という巨大な研究対象に向かって、さまざまな角度よりアプローチを試みたものであった。それは、いわば小さな蟻が樫の巨木を噛み倒そうとするかのような企てであった。本書も、そのささやかな企てに含まれるものである。

グローバル化が進行する現代において、ユダヤ人が経てきた差別や迫害や流浪などの体験に、われわれ日本人も触れることがあるかもしれない。そのようなとき、学習したユダヤ人の文学・歴史・宗教・商法が何らかの意味で生きるかもしれない。

また、別の角度から眺めれば、ユダヤ文化とビジネスに親しむ中で、われわれ自身の文化とビジネスを比較し、それによって新たな発見や学びも期待できよう。ユダヤ文化がこれまで積み上げてきた莫大な量の知識や英知はユダヤ人の「古い道」であるかもしれないが、ユダヤ人はルーツを大切にし、継続性を重視する。聖書の注解タルムードの学習などはその一例である。われわれ日本人にとっても、このルーツと継続性は、根無し草にならないためにも、心に留めておくべきではないか。たとえば、現代に生きるわれわれが江戸時代を学び、明治維新を学習し、戦後を辿ることは、将来を探る上で大きな意味があるのではないか。

本書を書くまでには、多くの方々のお世話になった。

ユダヤ系文学の研究に導いてくださった大浦暁生中央大学名誉教授、多くの資料を提供してくださった井上謙治明治大学名誉教授、そして、かつて筆者の論文に懇切丁寧な批評をくださった須山静夫元明治大学教授に心よりお礼を申し上げたい。

また、日本マラマッド協会の濱野成生会長、日本ベロー協会の半田拓也会長、町田哲司会長、日本ユダヤ系作家研究会の広瀬佳司会長、そして各会員の皆様に深く感謝したい。また、十年間続けてきたユダヤ系作家読書会のメンバー、大場昌子、坂野明子、伊達雅彦の各先生にも厚くお礼を申し上げたい。

さらに、筆者の研究室をしばしば訪れ、哲学談義を展開するインド系ユダヤ人のマシュー・ヴァルギース博士、来日のたびに筆者の「ユダヤ文化とビジネス」のクラスで講演してくださるユダヤ教神秘主義の研究家エドワード・ホフマン博士、同様にアメリカのユダヤ人に関して学生たちに話してくださるロナルド・クライン教授、ダイヤモンド産業やイスラエルの集団農場（キブツ）

や祖父のノーベル賞作家アイザック・バシェヴィス・シンガーに関して話してくださるノアム・ザミラさん、そしてボストン在住の『ホロコーストの子供たち』などの著者ヘレン・エプスタインさんのご家族や、ホロコースト生存者であるレジナ・バーシャクさんのご夫妻に感謝する。

初出一覧は以下の通りである。

「ユダヤ人とダイヤモンド産業――ダイヤモンドは永遠に」青山学院大学『青山経営論集』第四十五巻第三号、二〇一〇年。

「ユダヤ人と音楽産業――同化、混交、独自性」青山学院大学『青山経営論集』第四十七巻第三号、二〇一二年。

「ユダヤ人と映画産業――新たな開拓の場を求めて」青山学院大学『青山経営論集』第四十七巻別冊、二〇一二年。

「ユダヤ人と化粧品産業――美と独自性を求めて」青山学院大学『青山経営論集』第四十六巻第三号、二〇一一年。

「ロウアー・イーストサイドを訪ねて」青山学院大学『青山経営論集』第四十九巻別冊、二〇一四年。

「ユダヤ人と不動産・建設業」青山学院大学『青山経営論集』第四十九巻第四号、二〇一五年。

「ユダヤ料理――その歴史的な背景」青山学院大学『青山経営論集』第五〇巻第一号、二〇一五年。

「イスラエルのハイテク農業」青山学院大学『青山経営論集』第四十八巻第四号、二〇一四年。

「イスラエルのハイテク産業」青山学院大学『青山経営論集』第四十九巻第三号、二〇一四年。
「生涯教育を求めて――聖書よりピーター・ドラッカーまで」青山学院大学『青山経営論集』
第四十八巻第三号、二〇一三年。

なお、本書の出版に当たって、青山学院大学経営学会より援助を受けたことを感謝したい。
また、本書の出版を快諾された彩流社の竹内敦夫社長、そして本書の内容を検討され、体裁の統一や索引作成などの複雑な仕事を効率よくこなしてくださった編集者の若田純子氏に心よりお礼を申し上げたい。

以上のように、ユダヤ系文学に描かれるビジネスのいくつかを探ってみたが、これがユダヤ系文学を理解し楽しむ上で有益なものであることを祈りたい。今後、これらに関して、さらにいくつかの課題を調べた上で、別の研究対象に移ってゆきたい。
六十代の挑戦は続く。

二〇一五年二月

佐川和茂

ユダヤ人の

歴史と

職業

広瀬 佳司、佐川 和茂、伊達 雅彦 編著

ユダヤ系文学と「結婚」

結婚〈離婚〉は誰にとっても一大事。ユダヤ系社会にあってはさらに、結婚は民族的・宗教的にも特別な意味を持つ。そんなユダヤ人の、伝統的社会から現代のおける結婚の様相を、離婚・離別といった終わりまで、文学作品や映画をひもとき考察する。

〈四六判上製・二八〇〇円＋税〉

広瀬 佳司 著

ユダヤ世界に魅せられて

独自の規律や風習にのっとり生きるユダヤの人々。イディッシュ語との出合いから、運命に導かれるままに彼らの世界に足を踏み入れた文学研究者が垣間見たものとは……。実際に出会ったからこそわかるユダヤの人々の素顔を描く。

〈四六判並製・二五〇〇円＋税〉

鈴木元子 著

ソール・ベローと「階級」――ユダヤ系主人公の階級上昇と意識の揺らぎ

ノーベル賞も受賞したアメリカのユダヤ系作家ソール・ベローの『宙ぶらりんの男』など小説14作を「階級」の視点から考察し、新しい読みの可能性を探る。階級社会としてのアメリカを浮き彫りにし、現在のアメリカが抱える問題をも照射する画期的論考。

（Ａ５判上製・四〇〇〇円＋税）

海老根静江 著

総体としてのヘンリー・ジェイムズ――ジェイムズの小説とモダニティ

さまざまな解釈理論を生みつづけるヘンリー・ジェイムズ。ジェイムズが生涯をかけて追求した「リアリズム小説」とは何だったのか。彼の「モダニティ」に内在する諸々の関係性のなかに「小説家ジェイムズ」が立ち現われる。

（四六判上製・二八〇〇円＋税）

藤野早苗 編著

ヘンリー・ジェイムズ『悲劇の詩神』を読む

ユダヤ系の女優ミリアムをヒロインに描きだされる、19世紀末のイギリス社会の諸相。この作品の出版後、ジェイムズは劇作に取り組み、いわゆる「劇作の時代」に入っていく。難解とされるジェイムズの作品のなかで「もっとも長い小説」にさまざまな「読み」で挑む。（四六判上製・二八〇〇円＋税）

竹内勝徳、高橋　勤 編著

環大西洋の想像力――越境するアメリカン・ルネサンス文学

アメリカ文学はいかにして〈アメリカ文学〉となったのか――ホーソーン、ソローらの作品や表象を、アメリカン・ルネッサンスの文脈に照らして読み解く。

（A5判上製・三八〇〇円＋税）

千石英世 著

【増補版】白い鯨のなかへ――メルヴィルの世界

わが国の戦後メルヴィル論の代表に数えられる著作に、新たに六編を増補。『白鯨』の作者メルヴィルに肉薄する批評精神の火花、ここに！

（四六判上製・三五〇〇円＋税）

デイヴィッド・C・ミラー 著／黒沢眞里子 訳

ダーク・エデン――19世紀アメリカ文化のなかの沼地

19世紀アメリカ文学・絵画に見るゴシック文化を、沼地が喚起する神話的・民話的文脈で検証。そこは罪・死・腐敗の領域、魔術の舞台であり、恐ろしい生き物の棲む場所だった。

（四六判上製・四〇〇〇円＋税）

■著者紹介■

佐川和茂（さがわ　かずしげ）

1948 年千葉県生まれ。青山学院大学教授。

著書に『ホロコーストの影を生きて』（三交社、2009 年）、『ユダヤ人の社会と文化』（大阪教育図書、2009 年）、共編著書に『ホロコーストとユダヤ系文学』（大阪教育図書、2000 年）、『ニューヨーク〈周縁〉が織りなす都市文化』（三省堂、2001 年）、『ソール・ベロー研究 ― 人間像と生き方の探求』（大阪教育図書、2007 年）、『ユダヤ系文学の歴史と現在 ― 女性作家、男性作家の視点から』（大阪教育図書、2009 年）、『笑いとユーモアのユダヤ文学』（南雲堂、2012 年）、『ゴーレムの表象 ― ユダヤ文学・アニメ・映像』（南雲堂、2013 年）、『ユダヤ系文学に見る教育の光と影』（大阪教育図書、2014 年）、『ユダヤ系文学と「結婚」』（彩流社、2015 年）など。

文学で読む ユダヤ人の歴史と職業

2015 年 12 月 11 日　発行　　定価はカバーに表示してあります。

著　者　佐　川　和　茂

発行者　竹　内　淳　夫

発行所　株式会社　**彩　流　社**

〒102-0071　東京都千代田区富士見 2 - 2 - 2

電話 03（3234）5931　Fax 03（3234）5932

http://www.sairyusha.co.jp

sairyusha@sairyusha.co.jp

印刷　モリモト印刷（株）

製本　（株）難 波 製 本

装幀　長 澤 均（papier collé）

ISBN978-4-7791-2182-1 C0098

索引

ア行

索引

カ行

サ行

タ行

ナ行

ハ行

マ行

ヤ行

ラ行

ワ行